양을 쫓는 모험 **上**

양을 쫓는 모험

무라카미 하루키 장편소설

신태영 옮김

문학사상

차례

제1장_ 1970년 11월 25일

수요일 오후의 피크닉

신문을 보고 우연히 그녀의 죽음을 알게 된 친구가 전화로 내게 그 소식을 알려주었다. 그가 천천히 읽어준 조간신문의 일단 기사는 꽤 평범한 내용이었다. 대학을 갓 나온 풋내기 기자가 연습 삼아 쓴 것 같은 서툰 문장이었다.

몇 월 며칠, 어딘가의 길모퉁이에서 누군가가 운전하는 트럭에 사람이 치였다. 그 사고를 낸 누군가는 업무상 과실치사 혐의로 조사 중이다.

그 친구가 읽어준 기사는 잡지의 속표지에 실려 있는 짧은 시처럼 들리기도 했다.

"장례식은 어디서 할 것 같아?" 하고 나는 물어보았다.

"글쎄, 모르지"라고 그는 말했다. "그런데 도대체 그 애한테 집 같은 게 있었을까?"

물론 그녀에게도 집은 있었다.

나는 그날 당장 경찰에 전화를 걸어 그녀의 집 주소와 전화 번호를 알아낸 후에 그녀의 집에 전화를 걸어 장례식 일정을 물어보았다. 누군가 말했듯이 수고만 아끼지 않는다면 웬만한 일은 곧 알 수 있기 마련이다.

그녀의 집은 예전부터 서민들이 모여 사는 번화한 거리에 있었다. 나는 도쿄가 상세히 그려진 구분 지도를 펴놓고, 그녀의 집 번지에 빨간 볼펜으로 표시를 했다. 지도에서 본 그곳은 정말 서민적인 거리였다. 지하철과 국철, 그리고 노선버스가 균형을 잃은 거미줄처럼 뒤얽히고, 서로 겹치고, 개천이 몇 줄기 흐르고 있어 다닥다닥 붙은 길들이 멜론 껍질의 주름처럼 지표에 달라붙어 있었다.

장례식 날, 나는 와세다에서 노면열차를 탔다. 종점과 가까운 역에서 내려 지도를 펼쳐보았지만, 지도는 지구의地球儀 정도밖에는 도움이 되지 못했다. 그 바람에 그녀의 집에 도착할 때까지 몇 번이나 담배를 사며 길을 물어야만 했다.

그녀의 집은 갈색 판자로 울타리를 친 낡은 목조 건물이었다. 문 안으로 들어서자, 왼쪽에 조금은 쓸모가 있을 법한 좁은 뜰이 있었다. 뜰 한구석에는 못 쓰게 된 도자기 화로가 팽개쳐져 있었고, 그 화로 속에는 15센티미터나 빗물이 고여 있었다. 뜰의 흙은 검고 축축하게 젖어 있었다.

그녀가 열여섯 살 때 집을 뛰쳐나간 후 소식을 끊었던 탓도 있어, 장례식은 일가친척들만 모여 조촐하게 치러졌다. 장례식에 온 사람들은 대부분 나이 많은 친척이고, 서른을 갓 넘은 그녀의 오빠 같기도 하고 형부 같기도 한 사람이 장례식을 이끌었다.

그녀의 아버지는 오십 대 중반으로 왜소한 편이었는데, 검은 양복의 소매에 상장喪章을 두르고 문 옆에 선 채 꼼짝도 하지 않았다. 그의 모습은 마치 홍수가 휩쓸고 간 직후의 아스팔트 도로를 연상케 했다.

내가 돌아올 때 말없이 고개를 숙이자, 그도 말없이 고개를 숙였다.

*

내가 처음 그녀를 만난 것은 1969년 가을로 나는 스무 살, 그녀는 열일곱 살이었다. 대학 근처에 작은 다방이 있었는데 나는 자주 그곳에서 친구들을 만났다. 그저 그런 곳이었지만, 거기에 가면 하드록을 들으면서 아주 맛없는 커피를 마실 수는 있었다.

　그녀는 언제나 같은 자리에 앉아, 테이블에 팔꿈치를 괴고 책 읽기에 빠져 있었다. 치열교정기처럼 생긴 안경을 끼고 있었고, 손은 뼈가 앙상했는데, 어딘지 모르게 그녀에게는 친근하게 느껴지는 구석이 있었다. 그녀의 커피는 항상 식어 있었고, 재떨이에는 언제나 꽁초가 수북했다. 책의 제목만 바뀌었다. 어떤 때는 미키 스필레인이었고, 어떤 때는 오에 겐자부로였으며, 또 어떤 때에는 《긴즈버그 시집》이었다. 요컨대 책이기만 하면 뭐든 상관없었다. 그곳에 드나드는 학생들은 그녀에게 책을 빌려주었고, 그녀는 그것을 옥수수라도 갉아먹듯이 닥치는 대로 읽어치웠다. 그때는 책을 빌려주고 싶어 하는 녀석들만 우글대던 시절이었으므로, 그녀는 한 번도 책이 궁하지는 않았을 것이다.

　도어즈The Doors, 롤링 스톤스The Rolling Stones, 버즈The Byrds, 딥 퍼플Deep Purple, 무디 블루스Moody Blues, 그런 시절이기도 했다. 공기에는 왠지 모르게 긴장감이 감돌고 있었다. 그래서인지 조금만 힘을 줘 걷어차기만 해도 웬만한 것은 맥없이 무너져내릴 것만 같았다.

　우리는 싸구려 위스키를 마시고, 그다지 신통치 않은 섹스를 하고, 결론 없는 이야기를 하고, 책을 빌려주고 빌리면서 하루하루를 보냈다. 그리고 엉망이었던 1960년대도 삐걱거리는 소리를 내며 바야흐로 막을 내리려 하고 있었다.

그녀의 이름은 잊어버렸다.

사망 기사의 스크랩을 다시 한번 끄집어내어 생각해낼 수도 있지만, 이제 와서 이름 따위는 아무래도 좋다. 나는 그녀의 이름을 잊어버렸다. 그뿐이다.

옛날 친구들을 만나면 간혹 그녀 이야기가 나올 때가 있다. 그들도 역시 그녀의 이름을 기억하지 못하고 있다. 왜, 옛날에 말이야, 아무하고나 자는 애 있었잖아. 이름이 뭐더라, 생각이 잘 안 나는군. 나도 몇 번 같이 잤는데 지금은 어떻게 지낼까, 길에서 우연히 마주치면 묘할 거야.

—옛날, 어느 곳에, 아무하고나 자는 여자애가 있었다.

그것이 그녀의 이름이다.

*

물론 엄밀하게 정의를 내린다면, 그녀가 아무하고나 잔 것은 아니다. 거기에는 그녀 나름대로의 기준이 존재했을 것이다.

그렇긴 하지만 현실적인 문제로 바라보면, 그녀는 대부분의 남자와 잤다.

　나는 딱 한 번 순수한 호기심에서 그녀에게 그 기준에 대해 물어본 적 있다.

　"글쎄." 그녀는 30초가량 생각에 잠겼다. "물론 누구라도 상관없는 건 아니지. 싫다고 느낄 때도 있으니까. 그렇긴 하지만 결국 난 여러 종류의 사람을 알고 싶어 하는 건지도 몰라. 아니면, 내게 있어서 이 세상이 이루어지는 방식 같은, 뭐 그런 걸 말이야."

　"함께 자는 것으로?"

　"응."

　이번에는 내가 생각에 잠길 차례였다.

　"그래서…… 그래서 조금은 알았어?"

　"조금은" 하고 그녀는 말했다.

*

1969년 겨울부터 1970년 여름에 걸쳐서, 그녀와는 거의 얼굴을 마주치지 않았다. 대학은 휴교를 되풀이하고 있었고, 나는 나대로 그것과는 별도로 사소한 개인적인 문제들을 안고 있었다.

1970년 가을에 내가 그곳을 찾았을 때, 이미 손님들은 완전히 바뀌어 아는 얼굴이라고는 그녀 한 사람 정도였다. 여전히 하드록은 울리고 있었지만, 예전처럼 긴장감이 감돌지는 않았다. 오로지 그녀와 맛없는 커피만이 1년 전 그대로였다. 나는 그녀의 맞은편 자리에 앉아, 커피를 마시면서 옛날 친구들에 대해 이야기를 나눴다.

　그들의 대부분은 대학을 그만두었다. 한 사람은 자살했고, 한 사람은 행방을 감추었다. 그런 이야기였다.

"1년 동안 뭐 하며 지냈어?"라고 그녀는 내게 물었다.

"여러 가지지, 뭐"라고 나는 말했다.

"조금은 현명해졌어?"

"조금은."

　그리고 그날 밤, 나는 처음으로 그녀와 잤다.

＊

나는 그녀의 성장 과정에 대해 자세히는 모른다. 누가 가르쳐주었던 것 같기도 하고, 침대에서 그녀의 입을 통해 들었던 것 같기도 하다. 고등학교 1학년 여름에 아버지와 크게 싸우고 집을(내친김에 고등학교도) 뛰쳐나왔다는 이야기였다. 도대체

어디에 살고 있는지, 어떻게 생계를 꾸려가고 있는지 아무도
몰랐다.

그녀는 하루 종일 록 음악이 흐르는 다방의 의자에 앉아서
몇 잔이고 커피를 마시며, 끝없이 담배를 피워대고 책장을 넘
기면서 커피값과 담뱃값(당시의 우리에게는 상당한 금액이었다)을 내줄
상대가 나타나기를 기다렸는데, 대개의 경우 그 상대와 잤다.

그것이 내가 그녀에 대해서 알고 있는 전부였다.

그해 가을부터 이듬해 봄에 걸쳐서 일주일에 한 번, 화요일 밤
에 그녀는 미타카 변두리에 있는 내 아파트를 찾아왔다. 그녀는
내가 만든 간단한 저녁을 먹고, 재떨이를 가득 채우고, FEN*의
록 프로그램을 크게 틀어놓고 들으면서 섹스를 했다. 다음 날
아침에 눈을 뜨면 잡목림을 산책하면서 ICU**의 캠퍼스까지
걸어가, 식당에서 점심을 먹었다. 그리고 오후에는 라운지에
서 연한 커피를 마시고, 날씨가 좋으면 캠퍼스의 잔디밭에 누
워 뒹굴며 하늘을 올려다보았다.

수요일의 피크닉, 이라고 그녀는 그렇게 불렀다.

"여기에 올 때마다, 진짜 피크닉을 온 것 같은 기분이 들거든."

---

* 　1945년에 시작된 주일 미군을 위한 방송. 지금은 AFN.
** 　국제기독교대학.

"진짜 피크닉?"

"응. 끝없이 펼쳐진 드넓은 잔디밭이 있고, 사람들은 행복해 보이고……."

그녀는 잔디 위에 앉아 몇 개비나 성냥을 버리면서 담배에 불을 붙였다.

"해가 뜨고 다시 지고, 사람들이 왔다가 가고, 공기처럼 시간 이 흘러가잖아. 왠지 피크닉 같지 않아?"

그때 나는 스물두 살을 몇 주일 앞둔 스물한 살이었다. 당분 간 대학을 졸업할 가망은 없고, 그렇다고 해서 대학을 그만둘 만한 확실한 이유도 없을 때였다. 기묘하게 서로 얽혀 있는 절망적인 상황 속에서, 나는 몇 달 동안이나 새로운 한 걸음 을 내딛지 못하고 있었다.

온 세상은 끊임없이 움직이는데, 나만 같은 곳에 머물러 있 는 듯한 기분이 들었다. 1970년 가을에는 눈에 비치는 모든 것이 서글펐고, 그리고 모든 것이 빠르게 바래가는 것만 같았 다. 태양의 햇살과 풀 냄새, 그리고 작은 빗소리조차도 나를 초조하게 만들었다.

몇 번이나 야간열차를 탄 꿈을 꾸었다. 언제나 똑같은 꿈이 었다. 담배 연기와 화장실 냄새와 사람들의 훈김으로 후텁지

근한 야간열차였다. 발 디딜 틈도 없을 정도로 혼잡하고, 좌석에는 오래전에 누군가가 토해놓은 것이 말라붙어 있었다. 나는 참다못해 자리에서 일어나, 어딘가의 역에 내렸다. 그곳은 인가의 불빛 하나 보이지 않는, 역무원의 모습조차도 보이지 않는 황량한 고장이었다. 시계도 열차 시간표도 아무것도 없는, 그런 꿈이었다.

그런 시기에, 몇 번인가 고통스럽게 그녀를 만났던 것 같다. 그녀를 어떤 식으로 대했는지, 지금은 잘 생각나지 않는다. 어쩌면 내가 나 자신에게 했던 정도로 그녀를 대했는지도 모르겠다. 그러나 어쨌든, 그녀는 내 행동에 전혀 신경 쓰지 않는 눈치였다. 아니면(극단적으로 말한다면), 나의 행동을 꽤 즐기고 있었다. 왜인지는 모른다. 결국 그녀가 내게서 찾던 것은 다정함이 아니었던 모양이다. 그런 생각을 하면, 지금도 기분이 묘해진다. 어쩌다 공중에 있는 눈에 보이지 않는 벽에 손을 짚은 것처럼 슬퍼진다.

*

1970년 11월 25일의 그 기묘했던 오후를, 나는 지금도 또렷이 기억하고 있다. 세찬 비에 떨어진 은행잎이, 잡목림 사이로 난 오솔길을 말라버린 시내처럼 노랗게 물들이고 있었다. 나와 그녀는 두 손을 코트 주머니에 집어넣은 채, 그 길 여기저기를 돌아다녔다. 낙엽을 밟는 두 사람의 발소리와 날카로운 새소리 외에는 아무 소리도 들리지 않았다.

"도대체 무슨 고민을 하고 있는 거야?"라고 그녀가 갑자기 내게 물었다.

"별거 아니야"라고 나는 말했다.

그녀는 조금 앞질러 가다 길가에 주저앉아 담배를 피웠다. 나도 그 옆에 나란히 앉았다.

"항상 기분 나쁜 꿈을 꾸는 거야?"

"자주 그래. 대개는 자동판매기에서 거스름돈이 나오지 않는 꿈이지만 말이야."

그녀는 웃으며 내 무릎에 손을 얹어놓았다가 치웠다.

"별로 말하고 싶지 않은 모양이지?"

"제대로 말할 수가 없어."

그녀는 반쯤 피우다 만 담배를 땅바닥에 버리고, 운동화로 신중하게 밟아 껐다.

"진짜 말하고 싶은 건 제대로 말할 수 없는 법인가 봐. 그렇게 생각 안 해?"

"모르겠어"라고 나는 말했다.

푸드득 소리를 내며 새 두 마리가 지면으로부터 날아오르더니, 구름 한 점 없는 하늘로 빨려 들어가듯이 사라져갔다. 우리는 한동안 새가 사라진 언저리를 말없이 바라보았다. 그러고 나서 그녀는 마른 나뭇가지로 땅바닥에 의미를 알 수 없는 도형을 몇 개 그렸다.

"너와 함께 누워 있으면, 가끔 아주 슬퍼져."

"미안하게 생각해"라고 나는 말했다.

"네 탓이 아니야. 더군다나 네가 나를 안고 있을 때 다른 여자를 생각하고 있기 때문도 아니고. 그런 일은 아무래도 좋아. 내가……." 그녀는 거기서 갑자기 입을 다물고 천천히 땅바닥에 세 개의 평행선을 그었다. "모르겠어."

"특별히 마음을 닫고 있겠다는 생각은 없어." 나는 조금 사이를 두고 말했다. "무슨 일이 일어났는지 나 자신도 아직 제대로 이해할 수 없을 뿐이야. 나는 여러 가지 일을 되도록 공평하게 파악하고 싶거든. 필요 이상으로 과장하거나, 필요 이상으로 현실적이 되고 싶지는 않아. 하지만 그러기 위해서는 시간이 걸리겠지."

"얼마만큼의 시간?"

나는 고개를 저었다. "몰라. 1년으로 끝날지도 모르고, 10년이 걸릴지도 모르지."

그녀는 작은 나뭇가지를 땅바닥에 버리고, 일어서서 코트에 붙은 마른풀을 털어냈다. "저, 10년이란 세월이 영원처럼 느껴지지 않아?"

　"글쎄"라고 나는 말했다.

　우리는 숲을 빠져나가 ICU의 캠퍼스까지 걸어가 여느 때처럼 라운지에 앉아서 핫도그를 먹었다. 오후 2시였는데, 라운지의 텔레비전 화면에는 미시마 유키오의 모습이 몇 번이고 되풀이해 비치고 있었다. 볼륨이 고장 난 탓에 말소리는 거의 들리지 않았는데, 어쨌든 그건 상관없는 일이었다. 우리는 핫도그를 다 먹고 나서, 커피를 한 잔씩 더 마셨다. 한 학생이 의자에 올라가 볼륨 버튼을 잠깐 만지작거리더니, 단념하고 내려와 어디론가 사라졌다.

　"너를 원해"라고 나는 말했다.

　"좋아"라고 그녀는 말하며 미소 지었다.

　우리는 코트 주머니에 손을 넣은 채 아파트까지 천천히 걸어갔다.

　내가 문득 잠에서 깨었을 때, 그녀는 담요 속에서 가냘픈 어깨를 떨며 소리 없이 울고 있었다. 나는 난로를 켜고, 시계를 보았다. 새벽 2시였다. 하늘 한가운데에는 새하얀 달이 떠 있었다.

그녀가 울음을 그치길 기다렸다가 물을 끓이고 티백으로 홍차를 우려 둘이서 마셨다. 설탕도 레몬도 밀크도 넣지 않은 그냥 뜨거운 홍차였다. 그러고 나서 담배 두 개비에 불을 붙여 한 개비를 그녀에게 건네주었다. 그녀는 연기를 들이마셨다가 뿜어내기를 연거푸 세 번 하고 나더니 한바탕 기침을 했다.

"있잖아, 나를 죽이고 싶다고 생각한 적 있어?"라고 그녀가 물었다.

"너를?"

"응."

"왜 그런 걸 묻지?"

그녀는 담배를 입에 문 채 손끝으로 눈꺼풀을 비볐다.

"그저 그냥."

"없어"라고 나는 말했다.

"정말?"

"정말."

"뭣 때문에 내가 널 죽여야만 하는 거지?"

"그러네" 하고 그녀는 귀찮다는 듯이 고개를 끄덕였다. "그저, 내가 깊이 잠들었을 때 누군가가 날 죽여주는 것도 나쁘지 않겠다는 생각이 문득 들었을 뿐이야."

"나는 사람을 죽일 타입은 아니야."

"그래?"

"아마도."

그녀는 웃으며 담배를 재떨이에 비벼 끄고 남아 있던 홍차를 한 모금 마신 후에, 새 담배에 불을 붙였다.

"스물다섯 살까지 살 거야"라고 그녀는 말했다. "그리고 죽을 거야."

*

1978년 7월, 그녀는 스물여섯 살로 죽었다.

제2장_ 1978년 7월

열여섯 걸음 걷는 것에 대하여

등 뒤에서 엘리베이터 문이 칙 하는 컴프레서 소리를 내며 닫히는 걸 확인하고 나서, 천천히 눈을 감는다. 그리고 의식의 단편을 그러모은 다음 문을 향해 아파트의 복도를 열여섯 걸음 걸었다. 눈을 감은 채 정확히 열여섯 걸음, 그 이상도 그 이하도 아니다. 위스키 덕분에 머릿속은 닳아빠진 나사처럼 흐리멍덩했고, 입 안은 담배의 타르 냄새로 가득했다.

아무리 취했더라도 눈을 감은 채 자로 선을 그은 것처럼 똑바로 열여섯 걸음을 걸을 수 있다. 오랜 세월에 걸친 의미 없는 자기 훈련 덕분이다. 취할 때마다 등줄기를 곧게 펴고, 고개를 들고, 아침 공기와 콘크리트 복도의 냄새를 한껏 폐에 들이마신다. 그러고 나서 눈을 감고 위스키의 안개 속을 똑바로 열여섯 걸음 걷는 것이다.

그 열여섯 걸음의 세계에서, 나는 '가장 예의 바른 술주정
꾼'이라는 칭호를 부여받고 있다. 그건 간단한 일이다. 취했
다는 사실을 사실로 수용하면 되는 것이다.

'그러나'도 '그렇지만'도 '다만'도 '그래도'도 아무것도 없다.
단지 나는 취한 것이다.

그렇게 해서 나는 가장 예의바른 술주정꾼이 된다. 가장 일
찍 일어나는 찌르레기가 되고, 가장 마지막으로 철교를 건너
는 유개화차가 된다.

5, 6, 7…….

여덟 번째에서 걸음을 멈추고 눈을 뜨고 심호흡을 한다. 가
벼운 이명이 일었다. 녹슨 철조망 사이를 빠져나가는 바닷바
람과 같은 이명이었다. 그러고 보니 한동안 바다를 보지 못
했다.

7월 24일, 오전 6시 30분. 바다를 보기에는 이상적인 계절
이고, 이상적인 시간이다. 아직 모래사장을 더럽힌 사람은 없
다. 파도치는 해변에는 바닷새의 발자국만이, 바람에 흔들려
떨어진 침엽수의 나뭇잎처럼 흩어져 있다.

바다라.

나는 다시 걷기 시작한다. 바다에 대한 건 그만 잊어버리자. 그런 건 아주 옛날에 사라져버린 것이다.

열여섯 걸음을 걷고 멈춰 서서 눈을 떠보니, 나는 언제나 그렇듯이 정확하게 문의 손잡이 앞에 서 있었다. 우편함에서 이틀 동안의 신문과 두 통의 편지를 꺼내서 옆구리에 낀다. 그리고 마치 미로와 같은 주머니에서 열쇠고리를 꺼내, 그것을 손에 든 채로 차가운 철문에 잠깐 이마를 댔다. 귀의 뒤쪽에서 짤그랑 하는 작은 소리가 난 것 같은 느낌이 들었다. 몸이 솜처럼 알코올을 빨아들이고 있는 것이다. 비교적 정상인 것은 의식뿐이다.

제기랄.

문을 3분의 1쯤 열고 살짝 미끄러지듯이 들어가 문을 닫는다. 현관은 아주 조용했다. 필요 이상으로 고요했다.

그다음 나는 발밑의 빨간 구두를 발견했다. 눈에 익은 빨간 구두였다. 그것은 흙투성이 테니스화와 싸구려 비치 샌들 사이에 끼여, 철 지난 크리스마스 선물처럼 보였다. 구두 위에는 미세한 먼지와 같은 침묵이 떠 있었다.

그녀는 부엌의 테이블에 엎드려 있었다. 두 팔 위에 이마를 없고, 길게 자란 검은 머리로 옆얼굴을 가리고 있었다. 머리카락 사이로 햇볕에 타지 않은 흰 목덜미가 보였다. 처음 보는 무늬 있는 원피스의 어깻죽지 사이로 브래지어 끈이 약간 들여다보였다.

내가 웃옷을 벗고, 검은 넥타이를 풀고, 손목시계를 푸는 동안, 그녀는 꼼짝달싹도 하지 않았다. 그녀의 등을 보고 있으려니 옛날 일이 생각났다. 그녀와 만나기 이전의 일 말이다.

"왔어?" 하고 나는 말을 걸어보았는데, 도무지 내 목소리로는 들리지 않았다. 어딘가 먼 데에서 일부러 운반되어 온 목소리 같았다. 예상대로 대답은 없었다.

그녀는 잠들어 있는 것처럼도 보였고, 울고 있는 것처럼도 보였고, 죽어 있는 것처럼도 보였다.

나는 테이블 맞은편에 앉아 손가락 끝으로 눈을 눌렀다. 선명한 햇살이 테이블을 가르고 있었다. 나는 빛 속에, 그녀는 엷은 그림자 속에 있었다. 그림자에는 색깔이 없었다. 테이블 위에는 시들어버린 제라늄 화분이 놓여 있었다. 창밖에서는 누군가 길에 물을 뿌리고 있었다. 아스팔트 길에 물을 뿌리는 소리가 났고, 아스팔트 길에 물을 뿌리는 냄새가 났다.

"커피라도 마시지 않을래?"

역시 대답은 없었다.

나는 대답이 없는 것을 확인한 뒤 일어나 부엌에서 2인분의 커피콩을 갈고, 트랜지스터라디오를 켰다. 커피콩을 다 갈고 난 다음에야 사실은 아이스티가 마시고 싶었다는 것이 생각났다. 나는 언제나 지나고 나서 여러 가지 일을 생각해내곤 한다.

트랜지스터라디오에서는 그야말로 아침에 어울리는 잔잔한 팝송이 끊임없이 흘러나왔다. 그런 노래를 듣고 있자니 지난 10년 동안 세상은 전혀 변하지 않았다는 생각이 들었다. 가수와 노래 제목만이 바뀌었다. 그리고 내가 열 살을 더 먹었을 뿐이다.

주전자의 물이 다 끓은 걸 확인하고 가스 불을 끄고는 30초 동안 식힌 다음 커피 가루 위에 부었다. 가루가 뜨거운 물을 빨아들일 만큼 빨아들이고 나서, 천천히 부풀어 오르기 시작하자 따뜻한 향기가 방 안 가득 퍼졌다. 밖에서는 벌써 매미가 울어대기 시작했다.

"어젯밤부터 있었던 거야?" 나는 주전자를 손에 든 채 그렇게 물어보았다.

테이블 위에서 그녀의 머리카락이 아주 약간 흔들렸다.

"줄곧 기다리고 있었군."

그녀는 대답하지 않았다.

주전자의 김과 강한 햇살 때문에 방이 무더워지기 시작했다. 나는 싱크대 위의 창을 닫고 에어컨의 스위치를 켠 다음, 테이블 위에 커피 잔 두 개를 나란히 내려놓았다.

"마셔"라고 나는 말했다. 내 목소리는 조금씩 본래의 내 목소리로 돌아오고 있었다.

"……."

"마시는 게 좋을 거야."

30초 정도가 지나고 나서 그녀는 천천히, 그리고 균일한 동작으로 테이블에서 얼굴을 들더니 그대로 시든 화분을 멍하니 바라보았다. 가는 머리카락이 젖은 뺨에 달라붙어 있었다. 희미하고 촉촉한 기운이 그녀의 주위를 오로라처럼 감돌았다.

"신경 쓰지 마"라고 그녀는 말했다. "울 생각은 없었어."

내가 크리넥스 상자를 내밀자 그녀는 소리 내지 않고 코를 푼 다음, 뺨에 달라붙어 있는 머리카락을 성가시다는 듯이 손가락으로 치웠다.

"사실은 당신이 돌아오기 전에 나갈 생각이었어. 당신과 얼굴을 마주치고 싶지 않았거든."

"그런데 생각이 바뀌었단 말이지."

"그렇지 않아. 이젠 아무 데도 가고 싶지 않아졌을 뿐이야. 그래도 곧 갈 테니 걱정하지 마."

"어쨌든 커피나 마시라고."

나는 라디오의 교통 정보를 들으면서 커피를 조금 마시고, 가위로 두 통의 편지를 개봉했다. 한 통은 가구점에서 보낸 것이었는데, 기간 중에 가구를 사면 전부 20퍼센트 할인이 된다는 내용이 쓰여 있었다. 나머지 한 통은 다시는 생각하고 싶지도 않은 상대방에게서 온 읽고 싶지도 않은 편지였다.

나는 두 통의 편지를 한꺼번에 뭉쳐서 발밑의 휴지통에 던져 넣고는 먹다 남은 치즈크래커를 먹었다. 그녀는 추위를 참고 있다는 듯이, 두 손으로는 커피 잔을 감싸고 입술은 커피 잔 가장자리에 가볍게 댄 채 물끄러미 나를 쳐다보았다.

"냉장고에 샐러드가 있어."

"샐러드?" 나는 고개를 들어 그녀를 보았다.

"토마토와 강낭콩. 그것밖에 없어서. 오이는 상한 것 같아서 버렸어."

"알았어."

나는 냉장고에서 샐러드가 담겨 있는 푸른색 오키나와 유리 접시를 꺼내, 병 밑바닥에 5밀리미터가량 남아 있던 드레싱을 병이 완전히 빌 때까지 모조리 끼얹었다. 토마토와 강낭콩은 그림자처럼 차가웠다. 그리고 아무런 맛도 느껴지지 않았다. 크래커에서도 커피에서도 맛은 느껴지지 않았다. 아마 아침 햇살 탓일 터였다. 아침 햇살이 모든 걸 분해해버리는 것이다. 나는 커피를 마시다 말고 주머니 속에서 구겨진 담뱃갑을 꺼내, 전혀 본 기억이 없는 종이성냥을 그어 불을 붙였다. 담배 끝이 바지직하고 마른 소리를 냈고, 보랏빛 연기가 아침 햇살 속에 기하학적인 무늬를 그렸다.

"장례식이 있었어. 식이 끝난 후에 신주쿠로 나가 줄곧 혼자서 마셨어."

어디선가 고양이가 다가오더니 하품을 길게 한 다음, 그녀의 무릎 위에 사뿐히 올라앉았다. 그녀는 고양이의 귀 뒤쪽을 몇 번 긁어주었다.

"설명 안 해도 돼"라고 그녀는 말했다. "이젠 나하고는 상관없는 일이니까."

"설명하는 게 아니야, 그저 말하고 있을 뿐이지."

그녀는 어깨를 옴츠리고, 브래지어 끈을 원피스 속으로 밀어 넣었다. 그녀의 얼굴은 무표정했다. 그런 그녀의 얼굴을 보니 언젠가 사진에서 본, 바다 밑에 가라앉아버린 거리가 떠올랐다.

"옛날에 좀 알던 사람이었어, 당신은 모르는 사람이지만."

"그래?"

고양이는 그녀의 무릎 위에서 기지개를 켜더니 후 하고 숨을 내쉬었다.

나는 입을 다문 채 담뱃불 끝을 바라보고 있었다.

"왜 죽었는데?"

"교통사고야. 뼈가 열세 개나 부러졌다나."

"여자?"

"응."

7시 뉴스와 교통 정보가 끝나고, 라디오에서는 다시 가벼운 록 음악이 흘러나오고 있었다. 그녀는 커피 잔을 접시 위에 올려놓고, 내 얼굴을 쳐다보았다.

"저어, 내가 죽어도 그렇게 술을 마실 거야?"

"술을 마신 것과 장례식은 관계없다고. 관계있었던 건 처음 한두 잔 정도겠지."

밖에서는 새로운 하루가 시작되려 하고 있었다. 무더운 하루가 될 것 같았다. 싱크대 위의 창문으로 고층 빌딩들이 보였는데, 여느 때보다도 훨씬 눈부시게 반짝거렸다.

"시원한 거라도 마시겠어?"

그녀는 고개를 저었다.

나는 냉장고에서 차가워진 콜라 캔을 꺼내, 유리잔에 따르지 않고 단숨에 들이켰다.

"아무하고나 자는 애였어"라고 나는 말했다. 마치 조사弔辭 같았다. 고인은 아무하고나 자는 여자였습니다.

"왜 그런 말을 하는 거야?"라고 그녀는 물었다.

이유는 나도 몰랐다.

"어쨌든, 아무하고나 자는 여자였단 말이지?"

"그렇다니까."

"하지만 당신하고는 달랐겠지."

그녀의 목소리에는 뭔가 특별한 여운이 있었다. 나는 샐러드 접시에서 얼굴을 들고, 시들어버린 화분 너머로 그녀의 얼굴을 쳐다보았다.

"그럴 거라고 생각해?"

"그냥"이라고 그녀는 작은 목소리로 말했다. "당신이란 사람, 그런 타입이잖아."

"그런 타입?"

"당신에겐 어딘가, 그런 구석이 있다고. 모래시계나 마찬가지야. 모래가 다 떨어지면 틀림없이 누군가가 와서 뒤집어놓고 가거든."

"그런가?"

그녀의 입술이 아주 조금 벌어졌다가 다시 원래의 상태로 되돌아갔다.

"남은 짐을 가지러 왔어. 겨울 코트, 모자, 그런 것들. 골판지 상자에 정리해두었으니까, 한가할 때 운송센터까지 날라다 줄래?"

"집까지 가져다줄게."

그녀는 조용히 고개를 저었다. "그럴 필요 없어. 오는 거 싫어. 무슨 말인지 알지?"

하긴 그 말이 맞다. 나는 엉뚱한 말을 너무 많이 한다.

"주소는 알지?"

"알아."

"볼일은 이것뿐이야. 너무 오래 있어서 미안해."

"서류는 그거면 다 되는 건가?"

"응, 다 끝났어."

"꽤 간단하군. 성가신 일이 좀 더 있을 거라고 생각했는데."

"모르는 사람은 모두 그런 줄 알아. 하지만 일단 끝나버리고 나면, 사실은 정말 간단하지." 그녀는 그렇게 말하고 다시 한 번 고양이 머리를 긁어주었다. "한 번만 더 이혼하면 베테랑 이 되겠네."

고양이는 눈을 감고 작게 기지개를 켜더니, 그녀의 팔에 살 며시 고개를 올려놓았다. 나는 커피 잔과 샐러드 접시를 싱크 대에 처넣은 다음 빗자루 대신 청구서로 크래커 가루를 한군

데로 모았다. 햇빛 때문에 눈 속이 따끔거렸다.

"자질구레한 것은 당신 책상 위의 메모지에 전부 적어놓았어. 여러 가지 서류가 있는 곳, 쓰레기 수거일, 그런 것 말이야. 모르는 게 있으면 전화해."

"고마워."

"아이가 갖고 싶었어?"

"아니"라고 나는 말했다. "아이 같은 건 원하지 않아."

"나는 꽤나 망설였다고. 하지만 이렇게 될 바에는 차라리 잘된 거야. 만약에 아이가 있었다면 이렇게 되지 않았을 거라고 생각해?"

"아이가 있어도 이혼하는 부부는 얼마든지 있어."

"그래"라고 그녀는 말하고는, 내 라이터를 잠깐 만지작거렸다. "당신을 지금도 좋아해. 하지만 반드시 그런 문제만은 아닌가 봐. 그건 스스로도 잘 알고 있어."

그녀의 소멸, 사진의 소멸, 슬립의 소멸

그녀가 돌아간 후 나는 콜라 한 캔을 더 마시고 나서 뜨거운 물로 샤워를 하고 면도도 했다. 비누도 샴푸도 셰이빙크림도, 모든 게 떨어져가고 있었다.

　샤워를 하고 나서 머리를 빗고, 로션을 바르고, 귀를 후볐다. 그리고 부엌으로 가서 남은 커피를 다시 데웠다. 테이블 맞은 편에는 이제 아무도 앉아 있지 않았다. 아무도 앉아 있지 않은 의자를 가만히 바라보고 있노라니, 내가 작은 아이고, 키리코*의 그림에 나옴직한 낯선 거리에 혼자 버려진 듯한 느낌이 들었다. 물론 나는 이제 어린아이가 아니다. 나는 아무 생각

---

*　Giorgio de Chirico, 몽환적인 화풍으로 초현실주의에 영향을 끼친 이탈리아 화가.

없이 오랫동안 커피를 다 마시고 나서도, 한동안 멍하니 있다가 담배에 불을 붙였다.

꼬박 스물네 시간 동안 잠을 자지 않은 것에 비해서는 이상하게도 잠이 오지 않았다. 몸은 나른했지만, 머리만은 숙달된 수생동물처럼 마구 얽힌 의식의 수로를 목적도 없이 빙빙 돌아다니고 있었다.

아무도 앉아 있지 않은 의자를 물끄러미 바라보고 있는 동안 오래전에 읽었던 미국 소설이 생각났다. 아내가 가출하자 남편이 식당의 맞은편 의자에 아내의 슬립을 몇 달이나 걸쳐둔다는 이야기였다. 잠깐 그런 생각을 하다 보니, 그것이 그다지 나쁘지 않은 아이디어라는 생각이 들기 시작했다. 특별히 도움이 될 것 같지는 않지만, 시들어버린 제라늄 화분을 놓는 것보다는 훨씬 멋진 일인 것 같다. 고양이도 그녀의 물건이 있으면 조금은 안정이 될지도 모른다.

나는 침실에 있는 그녀의 서랍을 차례로 열어보았지만 전부 텅 비어 있었다. 남아 있는 거라고는 좀먹은 낡은 머플러 한 장과 옷걸이 세 개, 방충제를 싼 봉지뿐이었다. 그녀는 남김없이 모조리 가져가버린 것이다. 욕실에 잡다하게 널려 있던 자질구레한 화장품, 염색 용구, 칫솔, 헤어드라이어, 영문 모를 약, 생리용품, 부츠부터 샌들, 슬리퍼에 이르는 모든 신발, 모자 상자, 서랍에 하나 가득 들어 있던 액세서리, 핸드백, 숄더백, 슈트케이스, 지갑, 언제나 가지런히 정리되어 있던 속옷과 양말, 편지, 그녀의 체취를 느낄 수 있는 것은 아무것도 남아 있지 않았다. 지문마저도 지워놓고 가지 않았을까 하는 생각이 들 정도였다. 책장과 레코드 선반의 3분의 1가량이 비어 있었다. 그녀가 직접 샀거나, 내가 그녀에게 사준 책이나 레코드였다.

앨범을 펴보니 그녀가 찍혀 있는 사진은 한 장도 남아 있지 않았다. 그녀와 내가 함께 찍은 사진은 그녀가 있던 자리가 정확히 오려져 있어, 나만 남아 있었다. 나 혼자 찍은 사진과 풍경이나 동물을 찍은 사진은 그대로였다. 세 권의 앨범에 꽂혀 있는 사진은 완벽하게 수정된 과거였다. 나는 늘 혼자였고, 그 사이사이에 산과 강, 사슴 그리고 고양이 사진이 있었다. 마치 태어났을 때도 혼자였고 계속 외톨이였으며, 앞으로도 외톨이일 것만 같은 기분이 들었다. 나는 앨범을 덮고, 담배를 두 개비 피웠다.

슬립 하나쯤 남겨두고 갔으면 좋았을 텐데 하는 생각이 들기는 했지만, 그것은 물론 그녀의 문제고 내가 이러쿵저러쿵 할 일은 아니었다. 그녀는 아무것도 남기지 않겠다고 결심한 것이다. 나는 거기에 따를 수밖에 없다. 아니면 그녀가 의도 했던 것처럼 애당초 그녀는 존재하지 않았다고 억지로라도 생각하는 수밖에 없다. 그리고 그녀가 존재하지 않은 곳에 그녀의 슬립도 존재하지 않는 것이다.

나는 재떨이를 물에 담그고 에어컨과 라디오의 스위치를 끈 다음, 다시 한번 그녀의 슬립에 대해 생각하고 나서 단념하고 잠자리에 들었다.

내가 이혼에 동의하고 그녀가 아파트를 나가버린 지 벌써 한 달이 지났다. 그 한 달이란 기간은 거의 아무런 의미도 없었다. 흐릿하여 실체가 없는, 미지근한 젤리와도 같은 한 달이었다. 뭔가가 변했다고는 도저히 생각할 수 없었고, 실제로도 무엇 하나 변하지 않았던 것이다.

나는 아침 7시에 일어나서 커피를 끓이고, 토스트를 굽고, 일하러 나가고, 밖에서 저녁을 먹고, 술을 두세 잔쯤 마신 뒤, 집에 돌아와서 한 시간가량 침대에 누워 책을 읽다가 불을 끄고 잤다. 토요일과 일요일에는 일을 하는 대신 아침부터 몇 군데의 극장을 돌아다니며 시간을 때웠다. 그리고 여느 때와 다름없이 혼자서 저녁을 먹고, 술을 마시고, 책을 읽다가 잤다. 마치 어떤 부류의 사람들이 매일 달력의 숫자에 새까만 칠을 해나가듯, 그런 식으로 한 달을 지내왔다.

그녀가 사라져버린 것은, 어떤 의미에서는 어쩔 수 없는 일인 것 같은 기분이 들었다. 이미 일어나버린 일은 일어나버린 일이다. 우리가 지난 4년 동안 아무리 잘 지내왔다 하더라도, 그것은 이제는 그리 대단한 문제가 아니었다. 그녀의 사진만 사라진 앨범과 똑같았다.

그와 마찬가지로 그녀가 오랫동안 정기적으로 내 친구와 잠자리를 같이하다가 어느 날 갑자기 그에게 가버렸다 하더라도, 그것 역시 대단한 문제는 아니었다. 그런 일은 충분히 일어날 수 있는 일이며, 그리고 현실에서도 종종 일어나는 일이라 그녀가 그렇게 되었다고 해도 무슨 특별한 일이 벌어졌다는 식으로는 도저히 생각되지 않았다. 결국 그것은 그녀 자신의 문제인 것이다.

"결국 그건 당신 자신의 문제야"라고 나는 말했다.

그녀가 이혼하자는 말을 꺼냈을 때는, 6월의 어느 일요일 오후였고, 나는 캔 맥주의 고리를 손가락에 끼고 장난하고 있었다.

"아무래도 좋다는 뜻이야?"라고 그녀는 물었다. 아주 여유 있는 말투였다.

"어떻게 되든 좋다는 건 아니야"라고 나는 말했다. "당신 자신의 문제라는 얘기일 뿐이야."

"사실은 당신과 헤어지고 싶지 않아"라고 한참 후에 그녀는 말했다.

"그럼 헤어지지 않으면 되잖아"라고 나는 말했다.

"하지만 당신과 함께 있어도 이제는 아무 데도 갈 수 없어요."

그녀는 더 이상 아무 말도 하지 않았지만, 그녀가 무슨 말을 하고 싶어 하는지는 알 수 있을 것 같았다. 나는 이제 몇 달 후면 서른이 되고 그녀는 스물여섯이 된다. 그리고 앞으로 닥쳐올 일의 크기에 비하면, 이제까지 우리가 쌓아온 일 따위는 정말로 하찮은 일에 지나지 않았다. 또는 제로였다. 우리는 마치 무위도식하며 저축해놓은 돈을 탕진하듯이 지난 4년 동안 살아온 것이다. 전적으로 내 책임이었다. 나는 누구와도 결혼하지 말았어야 했다. 적어도 그녀는 나와 결혼하지 말았어야 했다.

처음에 그녀는 자신이 사회의 부적합자고 내가 사회의 적합자라고 생각했다. 그리고 우리는 각자의 역할을 비교적 잘해 나가고 있었다. 두 사람 모두 그대로 계속 잘 지낼 수 있을 거라고 생각했을 때, 뭔가가 무너졌다. 아주 사소한 것이었지만, 원래의 상태로 되돌아갈 수 없었다. 우리는 평온하고 기나긴 막다른 골목에 있었다. 그것이 우리의 마지막이었다.

그녀에게 있어서, 나는 이미 상실된 사람이었다. 설사 그녀가 아직도 조금은 나를 사랑하고 있다 하더라도, 그건 별개의 문제였다. 우리는 서로의 역할에 너무나 익숙해져 있었던 것이다. 내가 그녀에게 줄 수 있는 것은 이제 아무것도 없었다. 그녀는 그것을 본능적으로 알아차렸고, 나는 경험으로 알 수 있었다. 어쨌든 구원할 길은 없었다.

그런 이유에서 그녀는 그녀의 슬립 몇 장과 함께 내 앞에서 영원히 모습을 감추었다. 어떤 사람은 잊히고, 어떤 사람은 모습을 감추며, 어떤 사람은 죽는다. 그리고 거기에는 비극적인 요소는 거의 없다.

7월 24일, 오전 8시 25분.

나는 디지털시계의 네 개의 숫자를 확인하고 나서 잠들었다.

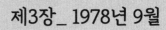

제3장_ 1978년 9월

고래의 페니스,
세 가지 직업을 가진 여자

여자와 자는 것을 아주 중요한 일이라고 생각할 수도 있고, 반대로 전혀 대수롭지 않은 일이라고 생각할 수도 있다. 다시 말해서 자기 요양 행위로서 즐기는 섹스가 있고, 무료한 시간을 때우기 위해 즐기는 섹스가 있다.

처음부터 끝까지 자신의 요양을 위한 섹스가 있는가 하면, 처음부터 끝까지 무료한 시간을 때우기 위한 섹스도 있다. 처음 시작할 때는 자기 요양 행위였던 섹스가 시간을 때우기 위한 섹스로 끝나는 경우가 있는가 하면, 그 반대의 경우도 있다. 뭐랄까, 우리의 성생활은 고래의 성생활과는 근본적으로 다른 것이다.

우리는 고래가 아니다—이것은 나의 성생활에 있어서, 하나의 중요한 명제다.

*

어렸을 때 집에서 자전거로 30분가량 걸리는 곳에 수족관이 있었다. 수족관은 언제나 섬뜩한 수족관적 침묵에 의해 지배되고 있어서, 가끔 어딘가로부터 찰싹찰싹 물 튀기는 소리가 들려올 뿐이었다. 어두컴컴한 복도의 모퉁이에 반어인半魚人이라도 숨을 죽이고 있을 듯한 느낌이었다.

다랑어 떼는 거대한 풀 안에서 빙글빙글 돌고, 용상어는 좁은 수로를 거슬러 올라가고, 피라냐는 고깃덩어리를 보고 날카로운 이빨을 드러내고, 전기뱀장어는 볼품없는 꼬마전구를 깜빡이고 있었다.

수족관에는 무수히 많은 물고기가 있었다. 그들은 제각기 서로 다른 이름과 서로 다른 비늘과 서로 다른 아가미를 가지고 있었다. 왜 지구상에 그처럼 많은 종류의 물고기가 존재해야만 하는지 나는 도무지 이해할 수 없었다.

물론 수족관에 고래는 없었다. 고래는 너무나 커서 수족관을 부숴 하나의 수조로 만든다 해도 기를 수 없는 것이다. 그 대신 수족관에는 고래의 페니스가 있었다. 말하자면 대용품이다. 그런 이유로, 나는 감수성이 예민한 소년 시절 내내 진짜 고래 대신에 고래의 페니스를 바라보았다. 섬뜩한 수족관 같은 통로를 걸어다니는 일에 싫증이 나면, 쥐 죽은 듯이 고요한 천장이 높은 전시실의 소파에 앉아 고래의 페니스를 멍하니 바라보며 몇 시간씩 보내곤 했다.

그것은 어떤 때에는 바싹 마른 작은 야자나무처럼 보였고, 어떤 때에는 거대한 옥수수처럼도 보였다. 만약 거기에 '고래의 생식기·수컷'이라는 팻말이 없었다면, 아마 아무도 그것이 고래의 페니스라는 사실을 알아차리지 못했을 것이다. 그것은 남극해의 산물이라기보다는 중앙아시아의 사막에서 발굴한 유물과도 같은 운치가 있었다. 그것은 내 페니스와도 달랐고, 내가 그때까지 봤던 어떤 페니스와도 달랐다. 그리고 거기에는 잘라낸 페니스 특유의 뭐라고 설명하기 어려운 비애까지 감돌았다.

내가 처음으로 여자애와 성교를 한 뒤 머리에 떠올렸던 것도, 그 거대한 고래의 페니스였다. 나는 그것이 어떤 운명을 겪고 어떤 경위를 거쳐서 수족관의 휑뎅그렁한 전시실로 오게 됐는가를 생각하면 가슴이 아팠다. 거기에는 구원 같은 것은 전혀 없는 듯한 느낌이었다. 그러나 그때 나는 열일곱 살이었고, 모든 일에 절망하기에는 너무나 젊은 나이임에 틀림

없었다. 그래서 나는 그때부터 이렇게 생각하게 되었다.

우리는 고래가 아니다, 라고.

나는 잠자리에 누워 새로 사귄 여자 친구의 머리카락을 손가락으로 만지작거리면서 고래에 대해서 계속 생각하고 있었다.

내 머릿속에 떠오르는 수족관은 언제나 가을이 끝나갈 무렵의 수족관이었다. 수조의 유리는 얼음처럼 차가웠고, 나는 두툼한 스웨터를 입고 있었다. 전시실의 커다란 유리창 너머로 보이는 바다는 푸르스름한 기미가 감도는 짙은 잿빛이었고, 끊임없이 밀려왔다 잘게 부서지는 하얀 파도는 여자아이들이 입는 원피스의 하얀 레이스 칼라를 연상케 했다.

"뭘 생각해?"라고 그녀가 물었다.

"옛날 일" 하고 나는 말했다.

*

그녀는 스물한 살로, 호리호리하고 멋진 몸과 마력적일 만큼 완벽한 모양의 두 귀를 가지고 있었다. 그녀는 작은 출판사에서 아르바이트로 교정 일을 하면서 귀만 전문적으로 찍는 광고 모델이었고, 품위 있는 집안 사람들로만 이루어진 조그만 클럽에 속해 있는 콜걸이기도 했다. 그 세 가지 중에 어느 것이 그녀의 본업인지 나는 알 수 없었다. 그건 그녀 자신도 몰랐다.

그러나 어떤 게 본래의 모습인가라는 관점에서 본다면, 귀 전문 모델로서의 그녀가 가장 자연스러운 것 같았다. 나는 그렇게 느꼈고, 그녀도 시인했다. 그렇지만 귀 전문 광고 모델이 활약할 수 있는 분야는 극히 한정되어 있고, 모델로서의 지위도 개런티도 아주 형편없이 낮았다. 대개의 광고 대행업자나 카메라맨, 메이크업 담당자, 잡지 기자는 그녀를 단지 '귀의 소유자'로 취급했다. 귀 이외의 그녀의 육체나 정신은 완전히 묵살되었다.

"하지만 사실은 그렇지가 않아"라고 그녀는 말했다. "귀는 나 자신이고, 나는 귀거든."

교정원으로서나 콜걸로서나 그녀는 일을 할 때에는 한순간 일지라도 절대로 귀를 남에게 보여주지 않았다.

"왜냐하면 그건 진짜 내가 아니니까"라고 그녀는 설명했다.

그녀가 속해 있는 콜걸 클럽의 사무실(일단은 탤런트 클럽이라는 명목으로 되어 있다)은 아카사카에 있었는데, 모두에게 미세스 X라고 불리는 경영자는 백발의 영국 여자였다. 그녀는 무려

30년 동안이나 일본에 살았기에, 유창하게 일본어를 구사했고 대부분의 기본적인 한자를 읽을 수 있었다.

미세스 X는 콜걸 클럽에서 500미터도 떨어지지 않은 가까운 곳에서 여성 전문 영어회화 강좌를 열고 있었는데, 거기에서 집안이 꽤 괜찮아 보이는 여자애들을 가려내 콜걸 클럽 쪽으로 스카우트했다. 반대로 콜걸 중 몇 명이 영어회화 교실에 다니기도 했다. 물론 그녀들은 수업료를 조금씩 면제받았다.

미세스 X는 콜걸들을 '디어'라 불렀다. 그녀가 '디어'라고 부르는 목소리에는 봄날 오후와 같은 부드러운 여운이 깃들어 있었다.

"깔끔한 레이스가 달린 속옷을 입고 자야 해, 디어. 팬티스타킹은 안 돼요"라든가 "너는 홍차에 크림을 넣었었지, 디어?"하는 식이었다. 고객은 철저하게 파악되어 있었는데, 고객의 대부분은 사십 대와 오십 대의 유복한 사업가들이었다. 3분의 2가 외국인이고, 나머지는 일본인이었다. 미세스 X는 정치가와 노인, 성격이상자와 가난뱅이는 싫어했다.

나의 새 여자 친구는 한 다스쯤 되는 미인만 모인 콜걸들 가운데서 가장 볼품없었으며, 옷차림도 평범했다. 사실 귀를 가린 그녀는 지극히 평범한 인상밖에는 주지 못했다. 미세스 X가 왜 그녀에게 눈독을 들여 스카우트했는지, 나로서는 이해하기 어려웠다. 그녀의 평범함 속에 숨어 있는 특별한 매력을 인정했기 때문인지도 모르고, 아니면 그저 평범한 아이가 한 사람쯤 있는 것도 괜찮겠다 싶어 그랬는지도 모른다.

어쨌든 미세스 X의 의도는 적중해, 그녀에게도 몇 사람 확실한 고객이 생기게 되었다. 그녀는 평범한 옷을 입고, 평범한 화장을 하고, 평범한 속옷을 입고, 평범한 비누 냄새를 풍기며 힐튼이나 오쿠라나 프린스 같은 호텔에 가서 일주일에 한두 명의 남자와 자고, 한 달 정도 먹고살 수 있는 돈을 벌었다.

그 이외의 밤의 절반을 그녀는 돈을 받지 않고 나와 잠자리를 같이했다. 나는 그녀가 나머지 시간을 어떻게 지내는지는 몰랐다.

출판사 아르바이트 교정원으로서의 그녀의 생활은 더욱 평범했다. 그녀는 일주일에 사흘만 간다의 작은 빌딩 3층에 있는 회사에 다녔다. 아침 9시부터 저녁 5시까지 교정도 보고, 차도 끓이고, 지우개를 사러 계단을 내려가기도(엘리베이터가 없으므로) 했다. 그녀는 그 회사에서 유일한 젊은 독신 여성이었지만, 아무도 그녀를 희롱하거나 하지는 않았다. 그녀는 마치 카멜레온처럼 장소와 상황에 따라 빛을 발하기도 하고 발하지 않기도 했다.

내가 그녀를 (혹은 그녀의 귀를) 우연히 만난 것은 아내와 헤어진 직후인 8월 초였다. 나는 컴퓨터 소프트웨어 회사의 광고 카피 일을 하청받아 하고 있어서, 그 회사에서 처음으로 그녀의 귀와 대면하게 되었다.

광고 대리점의 연출가는 책상 위에 기획서와 확대한 흑백 사진 몇 장을 놓고, 일주일 내에 이 사진에 붙일 헤드카피를 세 개 준비해달라고 했다. 석 장의 사진은 모두 거대한 귀를 찍은 것이었다.

귀?

"어째서 귀지요?"라고 나는 물었다.

"알게 뭐람. 어쨌든 귀야. 자네는 일주일 동안 귀에 대해서 생각하면 되는 거야."

그런 연유로 해서 나는 일주일 동안, 귀를 찍은 사진만을 바라보며 지냈다. 책상 앞의 벽에 셀로판테이프로 그 석 장의 귀를 거대하게 찍은 사진을 붙여놓고, 담배를 피우거나 커피를 마시거나 하면서 그걸 바라보았다. 샌드위치를 먹거나 손톱을 깎으면서도 그 사진을 바라보았다.

일주일 만에 그럭저럭 일은 마무리되었지만, 그 후에도 귀를 찍은 사진을 벽에 붙여두었다. 떼기가 귀찮았던 탓도 있었고, 그 사진을 바라보는 것이 나의 일상적인 습관이 되어버린 탓도 있었다. 그러나 내가 그 사진을 떼어 서랍 속 깊숙이 처넣어버리지 않았던 진짜 이유는, 그 귀가 모든 면에서 나를 매료시켰기 때문이었다. 그것은 그야말로 꿈같은 모양을 한 귀였다. 100퍼센트 완벽한 귀라고 말할 수 있을 정도였다. 확대된 인체의 일부(물론 성기도 포함해서)에 그렇게 강하게 이끌린 것은 처음이었다. 그것은 내게 뭔가 운명적인 거대한 소용돌이 같은 것을 떠올리게 했다.

어떤 커브는 모든 상상을 초월한 대담함으로 화면을 단숨에 가로지르고, 어떤 커브는 비밀스런 세심함으로 한 무리의 작은 음영을 만들어내며, 어떤 커브는 고대 벽화처럼 무수한 전설을 그려내고 있었다. 귓불의 매끄러움은 온갖 곡선을 초월하고, 그 도톰한 살은 모든 생명을 능가하고 있었다.

나는 며칠 후 그 사진을 찍은 카메라맨에게 전화를 걸어서 그 귀 주인의 이름과 전화번호를 가르쳐달라고 했다.

"그건 또 왜?"라고 카메라맨은 물었다.

"흥미가 있어서 그래. 굉장히 멋진 귀거든."

"글쎄 그야, 확실히 귀는……" 하고 카메라맨은 우물우물하며 말했다. "하지만 인물은 그다지 보잘것없는 애라고. 젊은

애와 데이트하고 싶다면, 일전에 찍은 수영복 모델을 소개해
줄게."

"고마워" 하고 말하며 나는 전화를 끊었다.

*

2시, 6시, 10시에 그녀에게 전화를 걸어보았지만, 아무도 받
지 않았다. 그녀는 그녀 나름대로 바쁘게 인생을 보내고 있는
모양이었다.

가까스로 그녀를 붙잡을 수 있었던 건 이튿날 아침 10시였
다. 나는 간단하게 내 소개를 하고 나서 지난번의 광고 건으
로 할 이야기가 좀 있는데, 저녁 식사라도 함께하면 어떻겠냐
고 물었다.

"일은 벌써 끝났다고 들었는데요"라고 그녀는 말했다.

"일은 끝났지요"라고 나는 말했다. 그녀는 약간 당황한 모양
이었으나, 더 이상 묻지 않았다. 우리는 이튿날 저녁에 아오야
마 거리에 있는 다방에서 만나기로 했다.

나는 이제까지 가본 적 있는 집 중에서 가장 고급스러운 프
랑스 요리 전문점에 전화를 걸어 예약을 했다. 그리고 새 셔
츠를 꺼내놓고, 시간을 들여 넥타이를 골랐으며, 아직 두 번

밖에 입지 않은 웃옷을 걸쳤다.

그녀는 카메라맨이 충고해준 대로 그다지 신통치 않은 여
자였다. 옷차림도 얼굴 생김새도 평범해서 이류 여자대학의
합창단원처럼 보였다. 그러나 물론, 내게는 그런 것은 아무래
도 좋았다. 나는 그녀가 늘어뜨린 머리카락 속에 귀를 완전히
감추고 있었기 때문에 실망한 것이다.

"귀를 가리고 있군요" 하고 나는 아무렇지 않은 듯이 말했다.

"네" 하고 그녀도 아무렇지 않은 듯이 대답했다.

예정보다 조금 일찍 도착한 탓에 우리가 디너 타임의 첫 손
님이었다. 조명을 낮춘 다음 웨이터가 기다란 성냥을 그어 빨
간 초에 불을 붙이며 돌아다니고 있었고, 수석 웨이터가 예
리한 눈으로 냅킨과 식기와 접시의 세팅 상태를 꼼꼼히 점검
하고 있었다. 오늬무늬 모양으로 짜맞춘 떡갈나무 마룻바닥
이 깨끗이 닦여 있어, 웨이터의 구두창이 뚜벅뚜벅 기분 좋은
소리를 냈다. 웨이터의 구두는 내가 신은 구두보다도 훨씬 비
싸 보였다. 화병의 꽃은 새로 꽂은 것이었고, 새하얀 벽에는
한눈에 진품이라는 것을 알 수 있는 현대적인 그림이 걸려
있었다.

나는 포도주 리스트를 보고 되도록 담백한 백포도주를 고르

고, 오르되브르[*]로 오리고기 파테^{**}와 도미 테린^{***}과 아귀 간의 사워크림을 시켰다. 그녀는 메뉴를 꼼꼼히 살펴보고 나서 바다거북 수프와 그린샐러드와 혀가자미 무스를 주문하고, 나는 성게 수프와 파슬리로 풍미를 낸 송아지고기 구이와 토마토샐러드를 주문했다. 내 반 달 치 식비가 날아가버릴 판이었다.

"아주 멋진 가게네요"라고 그녀가 말했다. "자주 오시나요?"

"일 관계로 가끔 올 뿐이죠. 혼자일 때는 레스토랑 같은 데보다는 바에서 술을 마시면서 적당히 만든 걸 먹는 편이 성미에 맞거든요. 그게 편해요. 쓸데없이 신경 쓸 필요도 없고요."

"바에서는 보통 뭘 드세요?"

"여러 가지지만, 글쎄 오믈렛과 샌드위치를 자주 먹어요."

"오믈렛과 샌드위치"라고 그녀는 말했다. "바에서 매일 오믈렛과 샌드위치를 먹는 거예요?"

"매일은 아니고. 사흘에 한 번은 내가 직접 음식을 만들어 먹지요."

"그럼 사흘에 이틀은 바에서 오믈렛과 샌드위치를 먹는

군요."

"그렇죠"라고 나는 대답했다.

"왜 오믈렛과 샌드위치죠?"

"괜찮은 바는 맛있는 오믈렛과 샌드위치를 내놓는 법이거든요."

"그래요?" 하고 그녀는 말했다. "별난 분이네요."

"그렇지 않아요"라고 나는 말했다.

도대체 어떤 식으로 말을 꺼내야 좋을지 몰라 나는 한참 동안 말없이 식탁 위의 재떨이에 있는 담배꽁초만 바라보았다.

"일에 관한 이야기라고 하셨지요?"라고 그녀가 유도하듯이 물었다.

"어제도 말했듯이, 일은 완전히 끝났어요. 문제도 없고. 그러니까 할 이야기는 없어요."

그녀는 핸드백 안에 있는 주머니에서 가느다란 박하담배를 꺼내 레스토랑에 있던 성냥으로 불을 붙인 다음, '그래서요?' 하고 묻는 듯한 표정으로 나를 쳐다보았다.

내가 말을 꺼내려고 할 때, 수석 웨이터가 확신에 찬 구둣발 소리를 내며 우리가 앉아 있는 테이블로 다가왔다. 그는 외아들의 사진이라도 내보이듯이 싱긋 미소 지으며 포도주의 라벨을 나에게 보여주고, 내가 끄덕이자 기분 좋은 작은 소리를 내며 마개를 딴 다음 잔에 조금씩 따라주었다. 식비食費가 응축된 맛이 났다.

수석 웨이터가 물러가자 웨이터 둘이 번갈아서 오더니 테이블에 세 개의 큰 접시와 두 개의 덜어 먹는 작은 접시를 놓았다. 웨이터가 가고 나자 우리는 다시 단둘이 되었다.

"꼭 당신의 귀를 보고 싶었어요" 하고 나는 솔직하게 말했다.

그녀는 아무 말도 하지 않고 파테와 아귀 간을 접시에 덜고, 포도주를 한 모금 마셨다.

"실례가 됐나요?"

그녀는 살짝 미소 지었다. "맛있는 프랑스 요리는 실례가 되지 않아요."

"귀에 대한 이야기는 실례인가요?"

"그렇지도 않아요. 이야기하는 각도에 따라서는."

"당신이 좋아하는 각도에서 이야기하죠."

그녀는 포크를 입으로 가져가면서 고개를 저었다. "솔직하게 말해줘요. 그게 가장 좋아하는 각도니까요."

우리는 한동안 말없이 포도주를 마시며 식사를 계속했다.

"내가 모퉁이를 돈다"라고 나는 말했다. "그러자 내 앞에 있던 누군가는 벌써 다음 모퉁이를 돌고 있다. 그 누군가의 모습은 보이지 않는다. 그 하얀 옷자락이 언뜻 보일 뿐이다. 하지만 그 하얀색만이 강렬하게 새겨져서 언제까지나 지워지지 않는다. 이런 느낌 이해할 수 있겠어요?"

"이해할 수 있을 것 같아요."

"내가 당신의 귀에서 느끼는 건, 바로 그런 느낌이에요."

우리는 다시 묵묵히 식사를 했다. 나는 그녀의 잔에 포도주를 따르고 내 잔에도 따랐다.

"그런 정경이 머릿속에 떠오르는 게 아니고, 그런 느낌이 드는 거지요?" 하고 그녀가 물었다.

"맞아요."

"이제까지 그런 걸 느껴본 적 있어요?"

나는 잠시 생각한 후에 고개를 저었다. "없는데요."

"하지만 그건 다시 말해 내 귀 탓이라는 거지요?"

"분명히 그렇다고 확신하는 건 아니에요. 하기는 확신 같은 걸 가질 수도 없지요. 귀의 생김새가 누군가에게 항상 어떤 특정한 감정을 불러일으킨다는 얘긴 들은 적도 없으니까요."

"파라 포셋의 코를 볼 때마다 재채기가 나는 사람을 알아요. 재채기란 그런 정신적 요소가 크게 작용하나 봐요. 일단 원인과 결과가 결부되어버리면 좀처럼 떨어질 수 없게 되고 말거든요."

"파라 포셋의 코에 대한 건 잘 모르지만" 하고 나는 말한 뒤

포도주를 마셨다. 그러고 나서 무슨 말을 하려 했는지를 잊어버렸다.

"그것과는 조금 다르단 말이지요?"라고 그녀가 물었다.

"네, 그것과는 조금 달라요"라고 나는 말했다. "내가 받는 느낌은 굉장히 막연하고, 그럼에도 불구하고 일률적이에요." 나는 양손을 1미터가량 벌렸다가 5센티미터로 좁혔다.

"제대로 설명할 수 없는데요."

"막연한 동기에 입각한, 응축된 현상."

"바로 그거예요"라고 나는 말했다. "당신은 내 일곱 배쯤 머리가 좋군요."

"통신 교육을 받았거든요."

"통신 교육?"

"그래요, 심리학 통신 교육."

우리는 마지막 하나 남은 파테를 나눠 먹었다. 나는 내가 무슨 말을 하려 했는지를 또 잊어버렸다.

"당신은 내 귀와 그런 당신의 감정의 상관관계를 아직 제대로 파악하지 못하고 있는 거지요?"

"그래요"라고 나는 말했다. "다시 말해서, 당신의 귀 자체가 직접 내게 감동을 주는 건지, 그렇지 않으면 또 다른 뭔가가 당신의 귀를 매개로 내게 감동을 주는 건지 도저히 제대로 파악할 수 없어요."

그녀는 테이블 위에 두 손을 올려놓은 채 어깨를 살짝 움직였다. "당신이 느끼는 감정은 기분 좋은 것인가요, 아니면 불쾌한 것인가요?"

"둘 다 아닐 수도 있고, 둘 다일 수도 있지요. 잘 모르겠어요."

그녀는 두 손으로 포도주 잔을 감싼 채 잠깐 동안 내 얼굴을 바라보았다. "당신은 감정을 표현하는 방법을 좀 더 배우는 게 좋을 것 같아요."

"묘사력도 부족하고" 하고 나는 말했다.

그녀는 미소 지었다. "그래도 괜찮아요. 당신이 말하는 내용을 대강 알아들었으니까요."

"그럼 난 어떻게 할까요?"

그녀는 계속 입을 다물고 있었다. 뭔가 딴생각을 하고 있는 것처럼 보였다. 테이블 위에는 다섯 개의 빈 접시가 가지런히 놓여 있었는데 멸망한 행성의 무리처럼 보였다.

"이봐요" 하고 긴 침묵을 깨고 그녀가 입을 열었다. "우리는 친구가 되는 게 좋을 것 같아요. 물론 당신이 그래도 좋다면요."

"물론 좋고말고요"라고 나는 말했다.

"그것도, 아주아주 친한 친구가 되는 거예요"라고 그녀가 말했다.

나는 고개를 끄덕였다.

이렇게 해서, 우리는 만난 지 30분 만에 아주아주 친한 친구가 되었다.

*

"친한 친구로서 네게 묻고 싶은 일이 있는데"라고 나는 말했다.

"좋아."

"우선 한 가지는 왜 귀를 내놓지 않느냐는 것. 또 한 가지는 이제까지 네 귀가 나 이외의 누군가에게 특별한 힘을 미친 적이 있었는가 하는 거야."

그녀는 말없이 테이블 위에 놓인 손을 물끄러미 바라보고 있었다.

"이유는 여러 가지야"라고 그녀는 조용히 말했다.

"여러 가지?"

"응. 하지만 간단히 말하자면, 귀를 내놓지 않은 내 모습에 내가 너무 익숙해져 있기 때문이야."

"그렇다면 귀를 내놓고 있을 때의 너와 귀를 내놓고 있지 않을 때의 네가 다르다는 거야?"

"그렇지."

두 명의 웨이터가 접시를 치우고 수프를 가져왔다.

"귀를 내놓고 있을 때의 너에 대해서 이야기해주지 않겠어?"

"꽤 오래된 일이라서 제대로 이야기할 수 없어. 사실 열두 살 때부터 귀를 내놓은 적이 한 번도 없거든."

"하지만 모델 일을 할 때는 귀를 내놓잖아?"

"응" 하고 그녀는 말했다. "하지만 그건 진짜 귀가 아니야."

"진짜 귀가 아니라고?"

"그건 폐쇄된 귀거든."

나는 수프를 두 모금 넘기고 나서 고개를 들어 그녀의 얼굴을 보았다.

"폐쇄된 귀에 대해서 좀 더 자세히 가르쳐주지 않겠어?"

"폐쇄된 귀는 죽은 귀야. 내가 스스로 귀를 죽이는 거야. 다시 말해서, 의식적으로 통로를 차단해버린다는 말인데…… 알아듣겠어?"

나는 잘 이해가 되지 않았다.

"뭐든 물어봐"라고 그녀는 말했다.

"귀를 죽인다는 건, 귀가 들리지 않게 된다는 말이야?"

"아니. 귀는 제대로 들려. 하지만 귀는 죽은 거지. 당신도 할 수 있어."

그녀는 수프를 떠먹던 스푼을 테이블에 내려놓더니 등을

곧게 쭉 편 다음 양쪽 어깨를 5센티미터가량 위로 올리고 턱을 한껏 당기고 나서, 10초가량 그 자세로 있다가 갑자기 어깨를 탁 떨어뜨렸다.

"이제 귀는 죽었어. 당신도 해봐."

나는 그녀와 똑같은 동작을 천천히 세 번 되풀이해보았지만, 뭔가가 죽었다는 느낌을 가질 수 없었다. 술기운이 좀 더 빨리 퍼질 뿐이었다.

"아무래도 내 귀는 제대로 죽지 못하는 모양인데" 하고 나는 실망스럽다는 듯이 말했다.

그녀는 고개를 저었다. "괜찮아. 죽일 필요가 없다면 죽일 수 없더라도 아무 지장 없을 테니까."

"좀 더 물어봐도 될까?"

"좋아."

"네가 말하는 걸 종합해보면 이런 얘기인 것 같은데, 즉 너는 열두 살 때까지는 귀를 내놓고 있었다. 그런데 어느 날 귀를 가렸다. 그리고 그때부터 지금까지 한 번도 귀를 내놓은 적이 없다. 부득이하게 귀를 내놓아야 할 때는 귀와 의식 사이의 통로를 폐쇄한다. 그런 거지?"

그녀는 생긋 미소를 지었다. "맞아."

"열두 살 때 네 귀에 무슨 일이 일어났던 거지?"

그녀는 "서두르지 말아"라고 말한 뒤, 오른손을 테이블 너머로 내밀어 내 왼손 손가락을 살짝 건드렸다. "부탁이야."

나는 남은 포도주를 두 잔에 따른 다음 천천히 내 잔을 비웠다.

"우선 당신에 대해서 알고 싶어."

"나에 대한 어떤 걸?"

"전부. 어떻게 자랐다든가, 나이는 몇 살이라든가, 무엇을 하고 있다든가 하는 것들 말이야."

"평범한 이야기야. 너무 평범해서 아마 듣고 있으면 잠이 올걸."

"난 평범한 이야기가 좋아."

"내 이야기는 아무도 좋아해주지 않을 평범한 이야기거든."

"괜찮으니까 10분 동안만 이야기해봐."

"생일은 1948년 12월 24일, 크리스마스이브지. 크리스마스이브는 생일로는 그다지 좋은 날이 아니야. 왜냐하면 생일 선물과 크리스마스 선물이 겹쳐버리거든. 다들 대충 넘기려고들지. 별자리는 염소자리고 혈액형은 A형인데, 염소자리에 혈액형이 A형인 사람은 은행원이나 구청 직원이 제격이라지 아마. 사수자리와 천칭자리와 물병자리와는 궁합이 나쁘다고 하더군. 어때, 따분한 인생이라고 생각되지 않아?"

"재미있을 것 같은데."

"평범한 거리에서 자라 평범한 학교를 나왔지. 어릴 때는 말수가 적은 아이였고 커서는 따분한 아이가 되었어. 평범한 여자애와 알게 되어 평범한 첫사랑을 했지. 열여덟 살 때 대학에 들어가 도쿄로 나왔지. 대학을 졸업한 후에 친구와 둘이서 작은 번역 사무소를 시작해, 그럭저럭 밥벌이는 했어. 3년쯤 전부터는 선전지와 광고 관계 일에도 손을 댔고, 그쪽 일은 순조롭게 진행되고 있어. 회사에서 같이 일하던 여자를 사귀게 되어 4년 전에 결혼했는데, 두 달 전에 이혼했지. 이혼 사유는 한마디로 설명할 수 없어. 늙은 수고양이를 한 마리 기르고 있고, 담배는 하루에 마흔 개비 정도 피우지. 도저히 끊을 수가 없거든. 양복 세 벌과 넥타이 여섯 개, 그리고 흘러간 레코드를 500장 가지고 있지. 엘러리 퀸이 쓴 소설의 범인은 모두 기억하고 있고. 프루스트의 《잃어버린 시간을 찾아서》도 한 질 가지고 있지만, 반밖에 못 읽었어. 여름에는 맥주를 마시고, 겨울에는 위스키를 마시지."

"그리고 사흘 중 이틀은 바에서 오믈렛과 샌드위치를 먹는다?"

"맞았어"라고 나는 말했다.

"재미있을 것 같은 인생인데."

"줄곧 따분한 인생이었고 앞으로도 마찬가지겠지. 하지만 그것이 마음에 들지 않는다는 건 아니야. 요컨대 별도리가 없다는 얘기지."

나는 시계를 보았다. 9분 20초가 흘렀다.

"하지만 지금 말한 게 당신의 모든 것은 아니잖아."

나는 테이블 위에 놓여 있는 내 두 손을 잠깐 동안 응시했다. "물론 전부는 아니지. 아무리 따분한 인생이라도 10분 안에 전부 이야기할 수는 없으니까."

"내 감상을 말해도 돼?"

"물론."

"나는 초면인 사람을 만나면, 10분 동안 그 사람의 말을 들어. 그리고 상대가 말한 내용과는 정반대의 관점에서 상대를 파악하지. 이런 방법이 잘못됐다고 생각해?"

"아니"라고 말하며 나는 고개를 저었다. "아마 네 방법이 옳을 거야."

한 웨이터가 와서 테이블에 접시를 나란히 놓더니 다른 웨이터가 와서 접시에 요리를 보기 좋게 담고, 소스 담당이 그 위에 소스를 뿌렸다. 유격수에서 2루로, 2루에서 1루로, 그런 느낌이었다.

"그 방법을 당신에게 적용시켜 보면, 이렇게 될 것 같아"라고 그녀는 말하고 나서, 무스케이크에 나이프를 대면서 말을 이었다.

"당신의 인생이 따분한 게 아니라 당신이 따분한 인생을 추구하고 있는 건지도 몰라. 그렇지 않아?"

"네 말이 맞을지도 몰라. 내 인생이 따분한 게 아니라 내가 따분한 인생을 추구하고 있는지도 모르지. 그래도 결과는 마찬가지야. 어쨌든 나는 이미 그것을 얻었거든. 모두 따분함에서 벗어나려고 하는데, 나는 따분함 속에 안주하려 하고 있지. 마치 러시아워에 다른 사람들과 반대 방향으로 가듯이 말이야. 그러니까 내 인생이 따분해졌다고 해서 불평을 하진 않아. 아내가 달아날 정도면 말 다했지."

"부인과는 그래서 헤어졌어?"

"아까도 말했지만 한마디론 설명할 수 없어. 하지만 니체도 말했듯이 신들도 따분함에는 항복한다고 하잖아, 뭐 그런 거지."

우리는 천천히 요리를 먹었다. 그녀는 도중에 소스를 더 청했고, 나는 빵을 더 먹었다. 메인 요리를 다 먹을 때까지, 우리는 서로 딴생각을 했다. 접시를 물리고 블루베리 셔벗을 먹은 다음 에스프레소 커피가 나왔을 때, 나는 담배에 불을 붙였다. 담배 연기는 아주 잠깐 공중을 떠돌다가 소리 나지 않는 환기

장치 속으로 빨려 들어갔다. 몇몇 테이블에도 손님이 있었다. 천장에 달린 스피커에서는 모차르트의 콘체르토가 흘러나오고 있었다.

"네 귀에 대해서 조금 더 듣고 싶어"라고 나는 말했다.

"당신이 묻고 싶은 건, 내 귀가 특별한 힘을 가지고 있느냐 하는 거지?"

나는 고개를 끄덕였다.

"그건 당신 스스로 확인해주면 좋겠어"라고 그녀가 말했다. "내가 당신에게 그것에 대해서 무슨 말을 한다고 해도 아주 한정된 형태로밖에는 이야기할 수 없고, 그러면 당신에게 도움이 될 것 같지 않거든."

나는 다시 한번 고개를 끄덕였다.

"당신을 위해서 귀를 내놓을 수는 있어" 하고 그녀는 커피를 다 마시고 나서 이렇게 말했다. "하지만 그렇게 하는 게 정말 당신에게 도움이 될지는 나도 모르겠어. 당신은 후회하게 될지도 몰라."

"왜?"

"당신의 따분함은 당신이 생각하고 있는 것만큼 단단한 게 아닌지도 모른다는 말이지."

"할 수 없지"라고 나는 말했다.

그녀는 테이블 너머로 손을 뻗어 내 손 위에 포갰다. "그리고 또 한 가지, 얼마 동안―앞으로 몇 달쯤―내 곁을 떠나지 말았으면 좋겠는데 괜찮아?"

"좋아."

그녀는 핸드백에서 검은색 머리끈을 꺼내 그것을 입에 물고, 두 손으로 머리카락을 감싸듯이 해서 뒤로 돌려 한 번 비틀더니 재빨리 묶었다.

"어때?"

나는 숨을 죽이고 물끄러미 그녀를 바라보았다. 입 안은 바싹바싹 마르고, 몸의 어디에서도 목소리가 나오지 않았다. 순간적으로 흰 회벽이 물결치는 것처럼 느껴졌다. 식당 안의 말소리와 식기 부딪치는 소리가 희미한 엷은 구름 같은 것으로 모습을 바꾸더니, 다시 원래대로 돌아왔다. 파도 소리가 들려오고 해 질 녘의 그리운 냄새가 느껴졌다. 그러나 모든 것은 겨우 몇백 분의 1초 정도의 짧은 순간에 내가 느꼈던 것의 극히 일부분에 지나지 않았다.

"굉장해" 하고 나는 쥐어짜듯이 말했다. "같은 사람이 아닌 것 같군."

"그 말이 맞아"라고 그녀는 말했다.

귀의 개방에 대하여

"그 말이 맞아"라고 그녀는 말했다.

그녀는 비현실적일 만큼 아름다웠다. 그 아름다움은 내가 그때까지 본 적도 없고, 상상한 적도 없는 종류의 아름다움이었다. 모든 것이 우주처럼 팽창하고, 그리고 동시에 모든 것이 두꺼운 빙하 속에 응축되어 있었다. 모든 것이 오만할 만큼 과장되고, 그리고 동시에 모든 것이 깎여 있었다. 그것은 내가 아는 범위 내의 모든 관념을 초월하고 있었다. 그녀와 그녀의 귀는 일체가 되어 오래된 한 줄기 빛처럼 시간의 사면斜面을 미끄러져 내려갔다.

"너는 굉장해." 간신히 한숨 돌리고 나서 나는 말했다.

"알고 있어"라고 그녀는 말했다. "이런 상태가 귀를 개방한 상태야."

　몇 사람의 손님이 고개를 돌려, 우리 테이블 쪽을 넋 나간 듯이 바라보고 있었다. 커피를 더 따라주러 온 웨이터는 제대로 따르지도 못했다. 아무도 입을 열지 않았다. 테이프 데크의 릴만이 계속해서 천천히 돌아가고 있었다.

　그녀는 핸드백에서 박하담배를 꺼내 입에 물었고, 나는 황급히 라이터로 불을 붙였다.

　"당신하고 자고 싶어"라고 그녀가 말했다.

　그리고 우리는 잤다.

속續; 귀의 개방에 대하여

그러나 그녀에게 있어서 진실로 위대한 시기는 아직 도래하지 않았다. 그로부터 이틀인가 사흘 동안 잠깐잠깐 귀를 내놓았을 뿐, 그녀는 다시 그 빛나는 기적적인 조형물을 머리카락 속에 숨기고, 원래의 평범한 여자애로 되돌아가버렸다. 그것은 마치 3월 초에 시험 삼아 코트를 잠시 벗어보는 듯한 그런 느낌이었다.

"아직 귀를 내놓을 시기가 아니었어"라고 그녀는 말했다.

"아직 내 힘을 스스로도 제대로 파악할 수 없어."

"별 상관없어"라고 나는 말했다. 귀를 가린 그녀도 그런대로 나쁘지 않았기 때문이다.

*

그녀는 가끔 귀를 보여주었는데, 대부분 섹스를 할 경우였다. 귀를 내놓은 그녀와의 섹스에는 뭔가 기묘한 분위기가 감돌았다. 비가 내릴 때면 정확하게 비 냄새가 났다. 새가 지저귀면 정확하게 새가 지저귀는 소리가 들렸다. 제대로 표현할 수는 없지만, 요컨대 그랬다.

"다른 남자와 잘 때는 귀를 내놓지 않아?" 하고 나는 언젠가 그녀에게 물었다.

"물론이야"라고 그녀는 말했다. "사람들은 내게 귀가 있다는 사실조차 모르는 게 아닐까?"

"귀를 내놓지 않고 섹스를 할 때는 어떻지?"

"아주 의무적이지. 마치 신문지를 씹고 있는 것처럼 아무 느낌도 없고. 하지만 괜찮아, 의무를 다하는 것도 그 나름대로 나쁘지 않으니까."

"그래도 귀를 내놓고 할 때가 훨씬 멋지겠지?"

"그야 그렇지."

"그럼 내놓으면 되잖아"라고 나는 말했다. "뭣 때문에 일부러 쓸데없는 생각을 하는 거야."

그녀는 빤히 내 얼굴을 바라보고, 그러고는 한숨을 쉬었다.

"당신은 정말 아무것도 모르는구나."

확실히 나는 모르는 게 많았던 것 같다.

우선 무엇보다도 그녀가 나를 특별하게 대하는 이유를 알 수 없었다. 다른 사람에 비해서 내게 특별히 뛰어나거나 유별난 점이 있다고는 도저히 생각할 수 없었기 때문이다.

내가 그렇게 말하자 그녀는 웃었다.

"아주 간단해"라고 그녀는 말했다. "당신이 나를 원했기 때문이야. 그게 가장 큰 이유지."

"만약에 다른 누군가가 너를 원했다면?"

"하지만 적어도 지금은 당신이 나를 원하고 있잖아. 게다가 당신은 자신이 생각하고 있는 것보다 훨씬 멋져."

"왜 나는 그런 식으로 생각하는 걸까?"라고 나는 질문해보았다.

"그건 당신이 자신의 절반으로만 살기 때문이야"라고 그녀는 시원스럽게 말했다. "나머지 반은 어딘가에 아직 손도 대지 않은 채 남아 있을 거야."

"으음" 하고 나는 말했다.

"그런 의미에서 우리는 서로 닮은 셈이지. 나는 귀를 막고 있고, 당신은 절반만 살고 있으니까. 그렇다고 생각하지 않아?"

"하지만 설사 그렇다 하더라도 내 나머지 반쪽은 당신의 귀처럼 빛나지는 않을 거야."

"아마도"라고 하며 그녀는 미소 지었다. "당신은 정말로 아무것도 몰라."

그녀는 미소를 띤 채 머리를 올리고 블라우스의 단추를 풀었다.

*

여름도 끝나가는 9월의 오후, 나는 일을 쉬고 침대에서 그녀의 머리카락을 만지작거리면서, 줄곧 고래의 페니스에 대해 생각하고 있었다. 바다는 짙은 납빛이었고, 거친 바람이 유리창을 두드렸다. 천장은 높고, 전시실 안에는 나 말고 사람의 그림자라곤 하나도 없었다. 고래의 페니스는 고래로부터 영원히 분리되어, 페니스로서의 의미를 완전히 상실해버렸다.

그러고 나서 나는 아내의 슬립에 대해서 다시 한번 생각해보았는데, 이제 그녀가 슬립을 가지고 있었는지조차도 생각나질 않았다. 슬립이 부엌 의자에 걸려 있는, 실체 없는 어렴풋한 풍경만이 내 머릿속 한구석에 남아 있었다. 그것이 도대체 무엇을 의미하는지도 생각해낼 수 없었다. 마치 오랫동안 누군가 다른 사람의 인생을 대신 살아온 듯한 느낌이 들었다.

"저기 말이지, 넌 슬립을 입지 않아?"라고 나는 아무 생각 없이 여자 친구에게 물어보았다.

그녀는 내 어깨에서 얼굴을 들고 멍한 눈으로 나를 보았다.

"없어."

"그래"라고 나는 말했다.

"하지만 그게 있어야 더 잘 된다면……."

"아니야, 그런 게 아니야"라고 나는 허둥대며 말했다. "그런 생각으로 한 말이 아니라니까."

"아무튼, 정말 그렇게 조심하지 않아도 돼. 나는 직업상 그런 데에는 꽤 익숙해진 데다 조금도 부끄러워하지 않으니까."

"아무것도 필요 없다니까"라고 나는 말했다. "너와 네 귀만으로 정말 충분해. 그 이상은 아무것도 필요치 않아."

그녀는 시시하다는 듯이 고개를 젓고 나서 내 어깨에 얼굴을 묻었다. 그러나 15초쯤 지나서 다시 한번 얼굴을 들었다.

"있잖아, 10분 후쯤에 중요한 전화가 걸려올 거야."

"전화?" 나는 침대 옆의 검은 전화기를 보았다.

"그래, 전화벨이 울릴 거야."

"그걸 알아?"

"알아."

그녀는 아무것도 걸치지 않은 내 가슴에 머리를 얹어놓은 채 박하담배를 피웠다. 잠시 후에 내 배꼽 옆에 재가 떨어졌는데, 그녀는 입을 오므리더니 그것을 침대 밖으로 날려버렸다. 나는 손가락 사이에 그녀의 귀를 끼웠다. 황홀한 감촉이었다. 머릿속이 멍해지면서 형체 없는 온갖 이미지가 떠올랐다가는 사라졌다.

"양에 관한 일이야"라고 그녀는 말했다. "많은 양과 한 마리의 양."

"양?"

"응"이라고 말하고 나서 그녀는 반쯤 피우다 만 담배를 내게 건네주었다. 나는 그것을 한 모금 빨고 나서 재떨이에 비벼 껐다. "그리고 모험이 시작되는 거지."

*

조금 있다가 머리맡의 전화가 울렸다. 나는 그녀를 쳐다보았지만, 그녀는 내 가슴 위에서 깊이 잠들어 있었다. 나는 전화벨이 네 번 울리고 나서 수화기를 들었다.

"지금 당장 이리로 와주지 않겠어?"라고 상대방이 말했다. 긴장된 목소리였다. "아주 중요한 이야기야."

"어느 정도로 중요한데?"

"와보면 알아"라고 그는 말했다.

"어차피 양에 대한 이야기겠지"라고 나는 시험 삼아 말해보았다. 말하지 말았어야 했다. 수화기가 얼음처럼 차가워졌다.

"어떻게 알고 있지?"라고 그가 말했다.

어쨌든, 그렇게 해서 양을 쫓는 모험이 시작되었다.

제4장_ 양을 쫓는 모험 I

서장; 기묘한 남자에 관한 이야기

한 사람의 인간이 습관적으로 많은 양의 술을 마시게 되는 데
는 여러 가지 이유가 있다. 이유는 다양하지만, 결과는 대개
똑같다.

1973년에 나의 공동경영자는 즐거운 주정뱅이였다. 1976년
에 그는 아주 조금 신경질적인 주정뱅이가 되었고, 그리고
1978년 여름에는 초기 알코올중독으로 통하는 문의 손잡이
에 어설프게 손을 대고 있었다. 많은 습관적 음주자가 그렇듯
이 취하지 않았을 때의 그는 예민하다고는 할 수 없더라도 착
실하고 호감 가는 사람이다. 누구든지 그를 예민하다고는 하
지 않더라도 착실하고 호감이 가는 사람이라고 생각했다. 그
도 자기 자신에 대해서 그렇게 생각하고 있었다. 그래서 술

을 마셨다. 알코올이 들어가면 자신이 착실하고 호감 가는 사람이라는 생각에 완벽하게 동화同化될 수 있을 것 같았기 때문이다.

물론 처음에는 제대로 동화될 수 있었다. 그러나 시간이 지나고 주량이 늘어남에 따라 거기에 미묘한 오차가 생기고, 그 미묘한 오차는 이윽고 깊은 골을 만들게 되었다. 그의 착실함과 호감이 너무나 앞질러가서 그 자신조차도 따라잡을 수 없게 되고 만 것이다. 흔히 있는 일이다. 그러나 대부분의 사람들은 자기 자신의 일을 흔히 있는 일이라고 생각하지는 않는다. 예민하지 못한 사람이라면 더욱더 그렇다. 그는 잃어버린 것과 다시 만나기 위해 보다 깊은 알코올의 안개 속을 헤매기 시작했다. 그리고 상황은 더욱 나빠졌다.

그러나 적어도 아직은 날이 저물 때까지의 그는 정상이었다. 나는 벌써 몇 년 동안이나 날이 저문 뒤에는 의식적으로 그와 마주치지 않으려 해왔으므로, 나에게 있어서 그는 정상이었다. 하지만 날이 저문 후의 그가 정상이 아니라는 사실은 나도 잘 알고 있었고, 본인도 잘 알고 있었다. 우리는 그 일에 대해서는 일절 언급하지 않았지만, 서로가 그 사실을 알고 있다는 것을 인식하고 있었다. 우리는 여전히 잘해나가고 있었지만, 이제는 예전과 같은 친구는 아니었다.

100퍼센트 서로 이해하고 있다고는 할 수 없다 하더라도 (70퍼센트도 미심쩍지만) 적어도 그는 내 대학 시절의 유일한 친구인데, 그런 친구가 비정상적으로 변해가는 모습을 바로 가까이에서 지켜보는 것은 내게도 괴로운 일이었다. 그러나 결국 나이를 먹는다는 것은 그런 일인 것 같다.

내가 사무실에 도착했을 때, 그는 이미 위스키를 한 잔 마시고 있었다. 한 잔으로 그치면 그는 정상이었지만, 마시고 있다는 데는 변함이 없었다. 언젠가는 두 잔을 마시게 될지도 모른다. 그렇게 되면 나는 이 회사를 떠나 다른 일을 찾게 되리라.

나는 에어컨 앞에서 땀을 식히면서 여사원이 가져다준 차가운 보리차를 마셨다. 그와 나는 아무 말도 하지 않았다. 오후의 강한 햇살이 환상적인 물보라처럼 리놀륨 바닥에 내리쬐고 있었다. 눈 아래에는 공원의 녹음이 펼쳐져 있었고, 잔디 위에 벌렁 누워서 한가롭게 일광욕을 즐기고 있는 사람들의 모습이 조그맣게 보였다. 그는 볼펜 끝으로 왼손 손바닥을 콕콕 찌르고 있었다.

"이혼했다며?" 하고 그가 입을 열었다.

"두 달 전 이야기야" 하고 나는 창밖에 시선을 둔 채 말했다.

선글라스를 벗으니 눈이 따끔거렸다.

"왜 이혼했어?"

"개인적인 일이야."

"알고 있어"라고 그는 참을성 있게 말했다. "개인적이지 않은 이혼이란 들어본 적도 없어."

나는 잠자코 있었다. 서로의 사적인 문제에 대해 언급하지 않기로 한 것은 오랜 시간에 걸친 우리의 암묵적인 약속이었다.

"쓸데없이 캐물을 생각은 없어" 하고 그는 변명하듯이 말했다. "하지만 나는 그녀와도 친구였고, 약간 쇼크였단 말이야. 게다가 너희가 줄곧 잘 지내고 있는 줄 알았거든."

"계속 잘 지냈지. 그리고 싸우고 나서 헤어진 것도 아니야."

그는 난처한 표정으로 입을 다물고는 여전히 볼펜 끝으로 손바닥을 콕콕 찌르고 있었다. 그는 짙은 파란색 새 셔츠에 검은 넥타이를 매고, 머리는 단정하게 빗어넘기고 있었다. 오데코롱과 로션의 냄새도 잘 어울렸다. 나는 스누피가 서핑보드를 안고 있는 그림이 찍힌 티셔츠에, 하얗게 될 정도로 빨아댄 낡은 리바이스 청바지를 입고, 흙투성이 테니스화를 신고 있었다. 누가 보더라도 그가 더 정상이었다.

"우리 셋이서 함께 일하던 시절을 기억해?"

"기억하고말고"라고 나는 말했다.

"그땐 즐거웠지"라고 그가 말했다.

나는 에어컨 앞을 떠나서 방 한가운데에 있는 푹신푹신한 스웨덴제 하늘색 소파에 앉아, 접대용 담배 케이스에서 필터 달린 폴몰을 한 개비 집어 무거운 탁상 라이터로 불을 붙였다.

"그래서?"

"아무래도 일을 너무 크게 벌인 게 아닌가 하는 생각이 들어."

"광고나 잡지를 말하는 거지?"

그는 고개를 끄덕였다. 그가 이 말을 꺼내기까지 어지간히 고민했을 게 틀림없을 거라는 생각을 하니 조금 안돼 보였다. 나는 탁상용 라이터의 무게를 확인하고 나서 나사를 돌려 불꽃을 조절했다.

"네가 무슨 말을 하려는지 알아"라고 나는 말하고 나서 라이터를 테이블 위에 다시 올려놓았다. "하지만 잘 생각해봐. 그런 일들은 애당초 내가 맡아온 것도 아니고, 내가 하자고 말을 꺼낸 것도 아니잖아. 네가 일을 맡아왔고, 네가 해보자고 했던 거야. 안 그래?"

"거절하기 어려운 사정도 있었고, 그때는 마침 한가하기도 했고……."

"돈이 되기도 했지."

"돈벌이는 됐지. 덕분에 넓은 사무실로 이사할 수 있었고 사람도 늘어났고. 차도 바꿨고, 맨션도 샀고, 두 아이를 돈이 많이 드는 사립학교에 넣을 수도 있었지. 서른치고는 돈이 있는 편이라고 생각해."

"네가 번 거야. 부끄러울 건 없어."

"누가 부끄럽대?"라고 그는 말했다. 그리고 책상 위에 내던졌던 볼펜을 집어서 손바닥 한가운데를 몇 번인가 가볍게 콕콕 찔렀다. "하지만 말이야, 옛날 일을 생각하면 왠지 거짓말 같아. 둘이서 빚을 지며 번역 일을 맡으러 돌아다니고, 역전에서 광고지를 돌리던 시절의 일들 말이야."

"지금이라도 그렇게 하고 싶으면 둘이서 광고지를 돌릴 수 있어."

그가 고개를 들어 나를 바라보았다. "농담이 아니야."

"나도 그래"라고 나는 말했다.

우리는 한동안 침묵을 지켰다.

"여러 가지가 변했어"라고 그가 말했다. "생활의 페이스라든가 사고방식이 말이야. 우선 우리가 진짜로 얼마나 벌어들이고 있는지 우리 자신들조차도 모르고 있잖아. 세무사가 와서 뭔지 모를 알쏭달쏭한 서류를 만들고 무슨 공제니 감가상각이니 세금 대책이니, 그런 일이나 하고 말이야."

"어디서나 하는 일이야."

"그걸 누가 모르나? 그렇게 해야만 한다는 것도 알고, 실제로도 하고 있지. 하지만 옛날이 좋았어."

"자라남에 따라 감옥의 그늘은, 우리의 주위에 커지는구나"라고 나는 옛 시詩의 구절을 읊조렸다.

"뭐야, 그건?"

"아무것도 아니야"라고 나는 말했다. "그래서?"

"지금은 어쩐지 착취하고 있는 것 같은 느낌이 든단 말이야."

"착취?" 나는 놀라서 고개를 들었다. 우리는 2미터가량 떨어져 있었고, 의자의 높이 때문에 그의 머리는 나보다 20센티미터쯤 위에 있었다. 그의 머리 뒤로는 석판화가 걸려 있었다. 본 적이 없는 새로운 그림으로, 날개 달린 물고기 그림이었다. 물고기는 제 등에 날개가 달려 있다는 데에 그다지 만족하고 있는 것 같아 보이지 않았다. 아마 사용법을 잘 모르는 모양이다. "착취?" 하고 나는 이번에는 나 자신을 향해 다시 한번 질문을 던졌다.

"착취야."

"도대체 누구에게서?"

"여러 곳에서 조금씩."

나는 하늘색 소파에 다리를 꼬고 앉아 때마침 내 눈높이에 있는 그의 손과 그의 손 안에 있는 볼펜의 움직임을 뚫어지게 쳐다보았다.

"어쨌든, 우리가 변했다고 생각하지 않아?"라고 그는 말했다.

"마찬가지야. 아무도 변하지 않았어. 아무것도 변하지 않았다고."

"정말로 그렇게 생각하는 거야?"

"그럼, 착취 같은 건 존재하지 않아. 그런 건 동화 속에나 나오는 거야. 구세군의 나팔이 정말로 이 세상을 구할 수 있다고 생각하는 건 아니겠지? 너는 생각이 너무 많아."

"그래, 분명히 나는 생각을 너무 많이 해"라고 그는 말했다. "지난주 너는, 그러니까 우리는 마가린 광고 카피를 만들었어. 사실 나쁘지 않은 카피였지. 평도 좋았고. 너는 지난 몇 년 동안 마가린 같은 걸 먹어본 적 있어?"

"없어. 마가린을 싫어하거든."

"나도 없어. 결국 그런 거야. 적어도 옛날의 우리는 확실하게 자신감을 가질 수 있는 일을 했고, 그것이 긍지이기도 했지. 그런데 그게 지금은 없어. 실체가 없는 말을 그저 마구 떠들어대고 있을 뿐이야."

"마가린은 건강에 좋아. 식물성 지방이고, 콜레스테롤도 적고 말이야. 성인병에도 잘 안 걸리고 요즘엔 맛도 나쁘지 않지. 값싸고 오래 보관할 수도 있고."

"그럼 너도 먹지그래."

나는 소파에 푹 파묻혀서 천천히 팔다리를 쭉 폈다.

"마찬가지야. 우리가 마가린을 먹든 안 먹든 결과는 마찬가지라고. 점잖은 번역 일이나 엉터리 마가린 광고 카피나 근본은 마찬가지야. 아닌 게 아니라 네 말처럼 우리는 실체가 없는 말을 해대고 있지. 하지만 실체가 있는 말이 도대체 어디에 있다는 거지? 이것 보라고, 성실한 일 따위는 아무 데도 없는 거야. 성실한 호흡이나 성실한 오줌이 아무 데도 없는 것처럼 말이야."

"너 옛날에는 좀 더 순진했는데."

"그랬을지도 모르지" 하고 나는 말하며 재떨이에 담배를 비벼 껐다. "아마 어딘가에 순진한 마을이 있고, 그곳에선 순진한 푸줏간 주인이 순진한 로스햄을 썰고 있겠지. 대낮부터 위스키를 마시는 것이 순진한 거라고 생각한다면 얼마든지 마시라고."

볼펜으로 똑똑 책상을 두드리는 소리만이 오랫동안 방을 지배하고 있었다.

"미안해" 하고 나는 사과했다. "그런 식으로 말할 생각은 없었어."

"괜찮아"라고 그가 말했다. "그럴지도 모르지."

에어컨의 자동온도조절장치가 뚝, 하는 소리를 냈다. 무섭도록 조용한 오후였다.

"자신을 가져"라고 나는 말했다. "우리 힘만으로 여기까지 해왔잖아? 누구에게 은혜를 베풀지도 않고, 받지도 않으면서. 백이 있거나 직함이 있는 것만으로도 목에 힘주는 그런 족속과는 사정이 달라."

"우리는 옛날에 친구였지?"라고 그가 말했다.

"지금도 친구야"라고 나는 말했다. "줄곧 힘을 합해 함께해왔잖아."

"이혼하길 바라진 않았어."

"알고 있어"라고 나는 말했다. "이제 그만 양에 대한 이야기를 하지 않겠나?"

그는 고개를 끄덕이며 볼펜을 내려놓고 손가락으로 눈을 비볐다.

"그 남자가 온 건 오늘 아침 11시였어"라고 그는 말했다.

기묘한 남자에 관한 이야기

그 남자가 온 것은 오전 11시였다. 우리와 같은 작은 규모의 회사에서는 두 종류의 오전 11시가 있다. 즉 엄청나게 바쁘든지 엄청나게 한가하든지 둘 중 하나다. 그 중간이 없다. 그러니까 오전 11시경이면 우리는 아무 생각 없이 그저 분주하게 일하고 있거나, 아니면 아무 생각 없이 멍하니 꿈속을 헤매고 있다. 중간적인 일은(만약에 그런 일이 있다면) 오후를 위해 남겨두면 되는 것이다.

그 남자가 찾아온 것은 후자 쪽의 오전 11시였다. 그것도 기념비적으로 한가한 오전 11시였다. 9월 초에 미친 듯이 바쁜 나날이 계속되다가 그게 끝나자 일이 뚝 끊어졌다. 나를 포함한 세 사람이 한 달 늦은 여름휴가를 잡았는데도 남은 친구들에게는 연필을 깎는 정도의 일밖에 없었다. 내 친구는 수표를 끊으러 은행에 가고, 한 사람은 근처에 있는 오디오 메이커의 쇼룸에서 새로 나온 레코드를 들으며 시간을 때우고, 혼자 회사에 남은 여사원은 전화를 지키면서 여성지에 실린 '가을의 헤어스타일'이라는 기사를 읽고 있었다.

남자는 소리도 없이 사무실 문을 열고 들어와 소리 내지 않고 문을 닫았다. 그러나 남자는 의식적으로 조용히 행동한 것은 아니었다. 모든 것이 습관적이고 자연스러웠다. 너무나 습관적이고 자연스러워, 여사원은 남자가 들어온 것조차 제대로 실감할 수 없을 정도였다. 그녀가 알아차렸을 때는 이미 남자가 책상 앞에 서서 그녀를 내려다보고 있었다.

"책임자를 만나고 싶소"라고 남자는 말했다. 장갑으로 책상 위의 먼지를 털어내는 듯한 말투였다.

도대체 무슨 일이 일어난 건지 그녀는 영문을 알 수 없었다. 그녀는 고개를 들어 남자를 보았다. 남자는 업무상 찾아온 거래처 사람치고는 눈매가 너무 날카로웠고, 세무서 직원치고는 차림새가 좋았으며, 경찰관치고는 너무 지적으로 보였다. 그녀에게는 그 이외의 직업은 떠오르질 않았다. 남자는 세련된 불길한 뉴스처럼 그녀 앞에 갑자기 나타나서는 떡하니 버티고 서 있었다.

"지금 자리에 안 계신데요" 하고 그녀는 잡지를 황급히 덮으며 말했다. "앞으로 30분 정도면 돌아오실 겁니다."

"기다리겠소" 하고 일각의 주저함도 없이 남자가 말했다. 그 사실은 처음부터 알고 있었다는 듯한 느낌이었다.

그녀는 상대방의 이름을 물어볼까 망설이다가 체념하고 남자를 응접실로 안내했다. 남자는 하늘색 소파에 다리를 꼬고 앉아 정면 벽에 걸린 전기시계에 시선을 고정한 채 움직이지 않았다. 불필요한 동작은 전혀 없었다. 잠시 후 보리차를 가지고 갔을 때에도 그는 그 자세 그대로 꼼짝도 않고 앉아 있었다.

"네가 지금 앉아 있는 바로 그 자리야"라고 내 친구는 말했다. "거기에 앉은 채, 꼬박 30분을 똑같은 자세로 시계를 바라보고 있었던 거야."

나는 내가 앉아 있는 소파의 움푹 팬 부분을 바라본 다음 벽에 걸린 전기시계를 올려다보았다. 그러고 나서 다시 한번 내 친구를 보았다.

9월 말치고는 이상할 만큼 무더웠는데도 불구하고 남자는 정말 단정한 옷차림을 하고 있었다. 고급 맞춤인 듯한 회색 양복의 소매 밖으로 흰 셔츠가 정확히 1.5센티미터 엿보였고,

미묘한 색조의 줄무늬 넥타이는 아주 약간 좌우 비대칭이 되도록 세심하게 손질되어 있었으며, 검은 코도반* 구두는 반들반들 윤이 났다.

나이는 삼십 대 중반에서 마흔쯤 되어 보였고, 키는 175센티미터 남짓한 데다가 군살은 1그램도 붙어 있지 않았다. 가는 손에는 주름 하나 없고, 날씬하게 쭉 뻗은 열 손가락은 오랜 세월에 걸쳐 훈련되어, 통제되고 있기는 하지만 마음 밑바닥에는 원초적인 기억을 항상 품고 있는 군생 동물을 연상시켰다. 손톱은 시간과 수고를 들여 완벽하리만큼 다듬어져 있었고 손가락 끝에는 열 개의 멋진 타원이 그려져 있었다. 실로 아름답기는 하지만, 어딘지 기묘한 느낌을 주는 손이었다. 그 손은 극히 한정된 분야에서의 고도의 전문성을 느끼게 했는데, 그것이 어떤 분야인지는 전혀 알 수 없었다.

남자의 얼굴은 그 손만큼 많은 것을 말해주고 있지는 않다. 단정한 얼굴이기는 했지만 무표정하고 단조로웠다. 콧날도 눈도 나중에 커터나이프로 손질한 것처럼 직선적이고, 입술은 얇고 메말라 있었다. 남자는 전체적으로 거무스름하게 볕에 그을려 있었으나, 그것이 어딘가의 바닷가나 테니스 코

* 윤이 나게 무두질하여 만든 염소 가죽이나 말 엉덩이 가죽.

트에서 장난삼아 태운 것이 아님은 한눈에 알아볼 수 있었다. 우리가 모르는 종류의 태양이 우리가 모르는 장소의 상공에서 내리쬐어 그런 종류의 볕에 그을린 얼굴을 만들어내는 것이다.

시간은 놀라울 만큼 천천히 흘렀는데 하늘을 향해 치솟은 거대한 기계장치의 볼트 하나를 연상시키는 차갑고 냉랭하고 경직된 분위기에 휩싸인 30분이었다. 내 친구는 은행에서 돌아왔을 때, 방 안의 공기가 몹시 무겁다는 걸 느낄 수 있었다. 극단적으로 말하자면, 방 안에 있는 모든 것이 못으로 바닥에 고정된 듯한 바로 그런 느낌이었다.

"물론, 그런 느낌이 들었다는 것뿐이야"라고 친구는 말했다.
"물론이겠지"라고 나는 말했다.

혼자서 전화를 지키고 있던 사원은 긴장한 탓에 완전히 지쳐 있었다. 친구가 영문도 모른 채 응접실로 들어가 자기가 경영자라고 밝히자, 남자는 비로소 자세를 허물어뜨리고 양복 윗주머니에서 가느다란 담배를 꺼내 불을 붙인 다음, 귀찮다는 듯이 연기를 공중에 내뿜었다. 주위의 공기가 아주 조금 느슨해졌다.

"시간이 그다지 많지 않으니까 간단히 하지요"라고 남자는 조용히 말했다. 그리고 단호한 태도로 손이 베일 정도로 빳빳한 명함을 지갑에서 꺼내 책상 위에 놓았다. 명함은 플라스틱 비슷한 특수한 종이로 만들어져 있었고 부자연스러울 만큼 새하얗으며 검은색의 작은 활자로 이름이 인쇄되어 있었다. 직함도 없고 주소도 전화번호도 없었다. 다만 넉 자로 된 이름뿐이었다. 쳐다보기만 해도 눈이 아파오는 명함이었다. 친구는 뒤집어서 뒤가 완전한 백지임을 확인하고 난 후에 다시 한번 앞을 본 다음 남자의 얼굴을 보았다.

"그분의 존함은 아시겠지요?"라고 남자는 말했다.

"알고 있습니다."

남자는 턱 끝을 아주 약간만 움직여서 끄덕였다. 시선만이 고정되어 있었다. "태워주세요."

"태워요?" 친구는 멍하니 상대의 눈을 쳐다보았다.

"그 명함을 지금 당장 태워버리세요" 하고 남자는 자르듯이 단호하게 말했다.

내 친구는 황급히 탁상용 라이터를 손에 들고 새하얀 명함 모서리에 불을 붙였다. 그리고 가장자리를 손으로 잡은 채 절반쯤 태운 다음 커다란 크리스털 재떨이에 내려놓고, 두 사람은 다 타서 흰 재가 될 때까지 그걸 바라보았다. 명함이 완전히 재가 되어버리자, 방은 대학살 직후를 연상시키는 무거운 침묵에 휩싸였다.

"나는 그분으로부터 모든 권한을 위임받고 여기에 왔습니다" 하고 얼마 후에 남자는 입을 열었다. "다시 말해서 이제부터 내가 당신에게 말씀드리는 모든 건 그분의 의사이며, 희망이라고 이해해주셨으면 합니다."

"희망……." 하고 친구는 말했다.

"희망이라는 것은 물론 어떤 한정된 목표에 대한 기본적 자세를 가장 아름다운 말로 표현한 것입니다"라고 남자는 말했다. "또 다른 표현 방법도 있지요. 알고 계시죠?"

내 친구는 머릿속으로 남자의 말을 현실적인 일본어로 대치해보았다. "압니다."

"그렇지만 이건 개념적인 이야기도 정치적인 이야기도 아니고, 어디까지나 비즈니스에 관한 이야기입니다." 남자는 '비즈니스'라는 말을 영어식으로 제대로 정확하게 발음했다. 아마도 일본계 미국인 2세 정도 되는 모양이었다.

"당신도 비즈니스맨이고, 나도 비즈니스맨입니다. 현실적으로 말하더라도 우리 사이에는 비즈니스 이외에 이야기할 만한 것이 아무것도 없습니다. 비현실적인 일은 누군가 다른 사람들에게 맡깁시다. 그렇지요?"

"그렇습니다"라고 친구는 말했다.

"그와 같은 비현실적인 요소를 세련된 형태로 바꿔 현실의 대지大地에 끼워 넣어가는 일이 우리에게 주어진 임무입니다. 사람들은 종종 비현실적으로 치닫으려고 합니다. 왜냐하면" 까지 말하고, 남자는 왼손 중지에 낀 초록색 돌로 된 반지를 오른손 손가락으로 만졌다. "그쪽이 간단해 보이기 때문입니다. 그리고 어떤 경우에는 때때로 비현실이 현실을 압도하는 듯한 인상을 주기도 합니다. 그러나 비현실의 세계에는 비즈니스가 존재하지 않습니다. 다시 말해서 우리는 어려움을 지향하는 사람들인 것입니다. 그러니까……." 남자는 말을 끊고 다시 한번 반지를 만지작거렸다. "이제부터 제가 말씀드리는 일로 인해서 당신이 어떤 어려운 작업 또는 결단을 요구받는다고 하더라도, 그것을 양해해주시기 바란다는―그런 뜻입니다."

내 친구는 제대로 이해도 하지 못한 채 말없이 고개만 끄덕였다.

"그러면 이쪽의 희망을 말씀드리겠습니다. 우선 첫 번째로 귀사에서 제작하신 P생명의 PR지 발행을 즉각 중지해주시기 바랍니다."

"하지만……."

"두 번째로"라며 남자는 친구의 말을 가로막았다. "이 페이지의 담당자와 직접 만나서 이야기하고 싶습니다."

남자는 양복의 속주머니에서 흰 봉투를 꺼낸 다음 그 안에서 네 번 접은 종잇조각을 꺼내 친구에게 건네주었다. 친구는 종이를 손에 들고 펼쳐보았다. 그것은 틀림없이 우리가 제작한 생명보험회사의 화보 페이지를 복사한 것이었다. 홋카이도의 평범한 풍경 사진 — 구름과 산과 양과 초원, 그리고 어딘가에서 모방한 그다지 신통치 않은 목가적인 시, 그것뿐이다.

"이 두 가지가 우리의 희망입니다. 첫 번째 희망에 관해서 말하면, 이건 희망이라기보다는 이미 확정된 사실입니다. 정확히 말하자면 이미 우리의 희망에 따른 결정이 내려진 겁니다. 의심스러운 점이 있으면 나중에 홍보과장에게 전화를 걸어보시지요."

"그렇군요"라고 내 친구는 말했다.

"그러나 귀사 정도의 규모라면 이와 같은 트러블에서 받는 불이익이 매우 클 것이라는 건 쉽게 떠올릴 수 있습니다. 다행히 우리는 — 당신도 아시다시피 — 이 업계에서는 적지 않은 힘을 행사하고 있습니다. 그래서 우리의 두 번째 요구 조건을 수락해 그 담당자가 우리에게 만족할 만한 정보를 주신다면,

우리는 당신들이 받은 불이익에 대해 충분한 보상을 해드릴 용의가 있습니다. 아마도 보상 이상의 것이 될 겁니다."

침묵이 방 안을 지배했다.

"만약 희망이 이루어지지 않는다면" 하고 남자는 말했다. "당신들은 결국 아웃당할 겁니다. 앞으로도 계속 이 세계에 발을 들여놓지 못할 겁니다."

그리고 다시 침묵이 이어졌다.

"질문 있습니까?"

"다시 말해서, 이 사진이 문제인 셈이군요?" 하고 친구는 조심스럽게 질문했다.

"그렇습니다"라고 남자가 말했다. 그리고 손바닥 위에서 주의 깊게 말을 간추렸다. "그렇습니다. 그러나 더 이상은 당신에게 말씀드릴 수 없습니다. 그럴 권한은 나에게 주어져 있지 않으니까요."

"담당자에게 전화로 연락을 취하겠습니다. 3시에는 여기에 와 있을 겁니다"라고 친구는 말했다.

"좋습니다"라고 남자는 말한 다음 손목시계를 보았다. "그러면 4시에 차를 보내지요. 그리고 이건 중요한 일인데, 이 건에 관해서는 일체 비밀을 지켜주셔야 합니다. 아시겠지요?"

그리고 나서 두 사람은 비즈니스적으로 헤어졌다.

'선생'에 관한 이야기

"그렇게 된 거야"라고 내 친구는 말했다.

"도무지 알 수 없군." 나는 불을 붙이지 않은 담배를 입에 문 채 말했다.

"우선 명함 속의 인물이 도대체 누군지 알 수가 없어. 그리고 그 인물이 왜 양의 사진에 신경을 쓰는지도 알 수가 없고. 마지막으로 그 인물이 우리의 발행물을 어떻게 막을 수 있는지도 모르겠어."

"명함 속의 인물은 우익右翼의 거물이야. 이름도 얼굴도 거의 표면에 드러내지 않으니까 일반인에게는 그다지 알려져 있지 않지만, 이 업계에서는 모르는 사람이 없지. 모르는 사람은 아마 너 정도밖에 없을걸."

"세상 돌아가는 일에 어두우니까"라고 나는 변명했다.

"우익이라고 하지만 흔히 말하는 우익이 아니야. 어쩌면 우익조차 아닐지도 모르지."

"점점 더 알 수 없군."

"사실을 말하면, 그가 무엇을 생각하고 있는지는 아무도 모른다고. 책을 낸 것도 아니고, 사람들 앞에서 연설을 하는 것도 아니지. 인터뷰도 사진 촬영도 일절 허용되지 않거든. 살아 있는지 죽었는지조차도 알 수 없을 정도야. 5년 전에 어느 월간지의 기자가 그가 연루된 부정 융자 사건을 특종 기사로 다루려고 했다가, 당장에 묵살당했지."

"꽤 자세히 알고 있군."

"그 기자와 간접적으로 아는 사이였거든."

나는 입에 물고 있던 담배에 라이터로 불을 붙였다. "그 기자는 지금 무엇을 하고 있는데?"

"영업부로 밀려나서 아침부터 저녁까지 열심히 전표 정리를 하고 있어. 매스컴의 세계라는 게 의외로 좁아서 그런 친구는 꽤 좋은 본보기가 되지. 아프리카 원주민 부락 입구에 해골이 걸려 있는 것과 비슷하거든."

"그렇겠군" 하고 나는 말했다.

"그렇지만 전쟁 전의 그의 약력에 대해서는 어느 정도 알고 있어. 1913년에 홋카이도에서 태어나 초등학교를 졸업하고 도쿄로 나와 이 직업 저 직업 전전하다가 우익이 되었지. 딱 한 번 형무소에 들어갔지, 아마. 형무소에서 나와 만주로 갔고 그곳에서 관동군의 참모들과 친해져서 특수공작 관련 조직을 만들었지. 그 조직의 내용까지는 잘 몰라. 그는 그 무렵부터 갑자기 수수께끼 같은 인물이 되기 시작한 거야. 마약을 취급했다는 소문이 있는데, 아마 그 말이 맞을 거야. 그리고 중국 대륙 여기저기를 돌아다니다가 소련이 참전하기 2주일 전에 구축함을 타고 귀국했어. 혼자 들지도 못할 정도의 귀금속과 함께 말이야."

"뭐라고 할까, 절묘한 타이밍이군."

"실제로 그 사람은 타이밍을 포착하는 데는 명수지. 쳐들어 갈 때와 물러날 때를 알고 있는 거야. 그리고 착안점이 좋아. 점령군도 A급 전쟁범죄자로 체포는 했지만, 조사는 도중에서 중단되고 불기소되었어. 이유는 병 때문인데, 그 대목은 모호하기 짝이 없지. 아마 미군과 거래가 있었을 거야. 맥아더는 중국 대륙을 노리고 있었으니까."

친구는 다시 볼펜을 집어 손가락 사이에서 빙글빙글 돌렸다. "그리고 그는 스가모 형무소에서 나오자, 어딘가에 숨겨둔 재물을 반으로 나눠 절반으로는 보수당의 파벌을 통째로 매입하고 나머지 절반으로는 광고업계를 매입했지. 아직은 광고업이라는 것이 광고치 정도로만 알려져 있던 시대에 말이야.”

“선견지명이라 할 수 있군. 그런데 은닉 재산에 대한 배상 청구는 나오지 않았나?”

“무슨 소리야. 보수당의 파벌을 하나 통째로 매입했다니까.”

“아 참, 그렇겠군” 하고 나는 말했다.

“어쨌든 그는 그 돈으로 정당과 광고를 장악했고, 그 구조는 지금까지도 이어지고 있지. 그가 표면에 나서지 않는 이유는 나설 필요가 없기 때문이야. 광고업계와 집권당의 중추를 장악하고 있으면, 그야말로 불가능한 일이 없거든. 광고를 장악한다는 게 어떤 것인지 넌 알겠어?”

“아니.”

“광고를 장악한다는 건 출판과 방송의 대부분을 장악하는 게 되는 거야. 광고가 없는 곳에는 출판과 방송이 존재할 수 없지. 물이 없는 수족관과 같다고나 할까. 네가 보게 되는 정보의 95퍼센트까지가 이미 돈으로 매수되어서 선별된 것이라고.”

“아직 잘 모르겠어”라고 나는 말했다. “그 인물이 정보산업을 장악하고 있다는 데까지는 이해하겠는데 어떻게 그가 생명보험회사의 PR지에까지 권력을 행사할 수 있는 거지? 그건 대형 대리점을 통하지 않고 직접 맺은 계약이잖아.”

내 친구는 헛기침을 하고 나서 완전히 식어버린 보리차를 마셨다. "주식이야. 놈의 자금원은 주식이거든. 주식 조작, 매점 매석, 탈취, 뭐 그런 거지. 그를 위한 정보를 그의 정보기관이 수집하고, 그것을 그가 취사선택하는 거야. 그중 매스컴에 흘러나오는 것은 극히 일부고, 나머지는 선생께서 자신을 위해서 쥐고 있는 거지. 물론 직접적으로는 아니지만 협박 비슷한 짓도 하지. 협박이 통하지 않을 경우에 그 정보는 매치 펌프*용으로 정치가에게 흘리는 거야."

"어느 회사든 약점 한두 가지쯤은 있다 이거군."

"어떤 회사든 주주총회에서 폭탄선언 같은 걸 듣는 건 원치 않거든. 그러니 대개는 하라는 대로 하게 되어 있지. 다시 말해서 선생께서는 정치가와 정보산업과 주식이라는 삼위일체 위에 군림하고 있는 셈이지. 이젠 이해하겠지만, PR지 하나쯤 뭉개버린다든지 우리를 실업자로 만드는 일쯤은 그에겐 삶은 달걀 껍데기 까기보다도 간단한 일이라고."

"흠" 하고 나는 신음 소리를 냈다. "하지만 그만한 거물이 어째서 홋카이도의 풍경 사진 한 장에 신경을 곤두세우는 거냐고?"

"참 좋은 질문이야"라고 그는 말했지만, 어투는 그다지 감동

---

* 일본식 합성어로, 자기 쪽에서 폭로하겠다는 불을 당기고 나서, 상대에게 불을 꺼주겠다고 제의하는 부당한 이익 추구 방식.

하지 않은 듯 무감각했다. "바로 내가 너에게 하려던 것과 똑같은 질문이야."

우리는 입을 다물었다.

"그런데 어떻게 양에 관한 이야기라는 걸 알았지?"라고 친구가 내게 물었다. "어떻게 된 거야? 내가 모르는 데서 도대체 무슨 일이 일어나고 있는 거야?"

"구석에서 이름도 없는 난쟁이가 물레를 돌리고 있는 거지."

"좀 더 알아듣기 쉽게 말해줄 수 없겠나?"

"내 육감이야."

"맙소사" 하고 친구는 한숨을 내쉬었다. "그건 그렇고 최신 정보가 두 가지 있어. 아까 말했던 월간지 기자에게 전화로 물어봤는데, 하나는 선생이 뇌졸중인지 뭔지로 쓰러져서 재기 불능이 되었다는 이야기야. 하지만 그건 정식으로 확인된 이야기는 아니지. 또 하나는 여기에 왔던 남자에 관한 이야긴데, 그는 선생의 제1비서로, 조직의 현실적인 운영을 맡고 있는 말하자면 2인자인 셈이지. 그는 일본계 미국인 2세인데 스탠퍼드를 나와 12년 전부터 선생 밑에서 일하고 있어. 정체불명의 사나이지만, 머리가 무섭게 잘 돌아가는 모양이야. 알아낸 건 그 정도야."

"고마워"라고 나는 인사치레를 했다.

"천만에" 하고 친구는 내 얼굴도 보지 않고 말했다.

　그는 과음만 하지 않으면 어디로 보더라도 나보다 훨씬 정상이었다. 나보다도 훨씬 친절하고 순수하고 사고방식 또한 건전했다. 그러나 그는 얼마 안 가 취하게 된다. 그런 생각을 하는 게 괴로웠다. 나보다 성실하고 정상적인 사람이 나보다 먼저 망가져가는 것이다.

　친구가 방을 나간 다음에, 나는 서랍에서 그의 위스키를 찾아내 혼자서 마셨다.

양을 세다

우리는 우연의 대지를 정처 없이 방황할 수도 있다. 마치 어떤 식물의 날개 달린 종자가 변덕스런 봄바람에 날려오듯이.

그러나 그와 동시에 우연성 같은 것은 애당초 존재하지 않는다고도 할 수 있다. 이미 일어나버린 일은 명확하게 일어나버린 일이며, 아직 일어나지 않은 일은 명확하게 아직 일어나지 않은 일이다. 다시 말해서 우리는 배후의 '모든 것'과 눈앞의 '제로' 사이에 끼인 순간적인 존재고, 거기에는 우연도 없고 가능성도 없다는 뜻이다.

그러나 실제로 그 두 가지 견해 사이에는 별다른 차이가 없다. 그것은(대개의 대립되는 견해가 그렇듯이) 두 가지의 서로 다른 이름으로 불리는 똑같은 요리 같은 것이다.

이것은 비유다.

내가 PR지의 화보에 양의 사진을 실은 것은 한쪽의 관점 (a)에서 보면 우연이고, 다른 쪽 관점 (b)에서 보면 우연이 아니다.

(a) 나는 PR지의 화보 페이지에 어울리는 사진을 찾고 있었다. 내 책상 서랍에는 우연히 양의 사진이 들어 있었다. 그리고 나는 그 사진을 썼다. 평화로운 세계의 평화로운 우연.

(b) 양의 사진은 책상 서랍 속에서 줄곧 나를 기다리고 있었다. 그 잡지의 화보에 쓰지 않았다 하더라도, 언젠가 나는 그것을 다른 무엇인가에 썼을 것이다.

생각해보면, 이 공식은 내가 이제까지 걸어온 인생의 모든 단면에 적용할 수 있을지도 모른다. 좀 더 훈련하면, 나는 오른손으로 (a)적인 인생을 조종하고, 왼손으로는 (b)적인 인생을 조종할 수 있게 될지도 모른다. 그러나 이것은 아무래도 좋다. 도넛의 구멍과 마찬가지다. 도넛의 구멍을 공백으로 받아들이느냐 아니면 존재로 받아들이느냐는 어디까지나 형이

상학적인 문제이고, 그 때문에 도넛의 맛이 조금이라도 달라지는 것은 아니다.

　내 친구가 볼일을 보러 나가버리자 갑자기 방 안이 휑했다. 전기시계의 바늘만 소리도 없이 계속 돌아가고 있었다. 차가 오기로 한 4시까지는 아직 시간이 있었고, 해야 할 일은 아무것도 없었다. 옆 작업실도 잠잠했다.

　나는 하늘색 소파 위에서 위스키를 마시며, 폭신폭신한 민들레 종자처럼 기분 좋은 에어컨 바람을 쐬면서 전기시계의 바늘을 바라보았다. 전기시계를 바라보고 있는 한, 적어도 세상은 계속 움직이고 있었다. 그리 대단한 세상은 아니라도 어쨌든 계속 움직이고는 있는 것이다. 그리고 세상이 계속 움직이고 있다는 걸 인식하는 한, 나는 존재하고 있었다.

　그리 대단한 존재는 아니라 하더라도 나는 존재하고 있었다. 사람이 전기시계의 바늘을 통해서만 스스로의 존재를 확인할 수 있다는 게 왠지 기묘한 일 같았다. 세상에는 또 다른 확인 방법이 반드시 있을 것이다. 그러나 아무리 생각해봐도 적당한 게 떠오르지 않았다.

　나는 단념하고 위스키를 한 모금 더 마셨다. 뜨거운 감촉이 목구멍을 지나 식도의 벽을 따라 제대로 위의 밑바닥으로 내려갔다. 창밖에는 새파란 여름 하늘과 흰 구름이 펼쳐져 있었다. 맑게 갠 하늘이었지만, 왠지 오래 써서 낡은 중고품처럼 보였다. 경매에 붙여지기 전에 약용 알코올로 보기 좋게 광낸 중고품 같은 하늘이었다. 나는 그런 하늘을 위해, 옛날에는 신품이었던 여름 하늘을 위해 또 한 모금의 위스키를 마셨다. 나쁘지 않은 스카치위스키였다. 그리고 그런 하늘도 눈에 익고 나니 그다지 나쁘지 않았다. 점보제트기가 왼쪽에서 오른쪽으로 천천히 가로질러 날아가고 있었다. 그것은 반짝반짝 빛나는 딱딱한 껍데기로 덮인 벌레처럼 보였다.

두 잔째의 위스키를 마저 마셨을 때, 나는 '도대체 내가 왜 여기에 있지?'라는 의문에 휩싸였다.

대체 나는 무슨 생각을 하고 있었을까?

양이다.

나는 소파에서 일어나 친구의 책상 위에 있던 화보 페이지를 복사한 것을 들고 소파로 돌아왔다. 그리고 위스키 맛이 배어 있는 얼음을 빨아먹으면서 사진을 20초가량 뚫어지게 바라보며, 그 사진이 의미하는 것이 무엇인가를 끈기 있게 생각해보았다.

사진에는 양 떼와 초원이 찍혀 있었다. 초원이 끝나는 언저리에는 자작나무 숲이 이어져 있다. 홋카이도 특유의 거대한 자작나무다. 근처 치과의 현관 옆에 자라고 있는 것 같은 빈약한 자작나무가 아니다. 곰 네 마리가 동시에 발톱을 갈 수 있을 정도로 묵직한 자작나무인 것이다. 잎이 우거진 모양새를 보니 계절은 봄인 듯싶었다. 배경의 산꼭대기에는 아직 눈이 남아 있었다. 산 중턱의 골짜기에도 조금 남아 있었다. 아마 4월이나 5월쯤 되었을 것이다. 눈이 녹아 땅바닥이 질척한 계절이었다. 하늘은 푸르고(아마 푸르겠지. 흑백 사진이라서 푸르다는 확신은 가질 수 없었다. 어쩌면 연어 살빛인지도 모른다), 흰 구름은 산 위에 엷고 길게 드리워져 있었다. 아무리 생각해봐도 양 떼가 의미하는 것은 양 떼고 자작나무 숲이 의미하는 것은 자작나무 숲이며, 흰 구름이 의미하는 건 흰 구름이었다. 그뿐이다. 그 이외에는 아무것도 없다.

　나는 테이블 위에 그 사진을 내던지고 담배를 한 개비 피우고 나서 하품을 했다. 그리고 다시 한번 사진을 손에 들고, 이번에는 양의 수를 세어보았다. 그러나 초원은 드넓고 양들은 소풍 나온 아이들이 여기저기 흩어져 도시락을 먹듯이 뿔뿔이 떨어져 있었으므로, 멀리 가면 갈수록 그것이 양인지 아니면 그저 흰 점인지가 불확실해지고, 얼마 되지 않아 그저 흰 점인지 아니면 눈의 착각인지 분간할 수 없게 되고, 결국에는 눈의 착각인지 허무인지를 알 수 없게 되었다.

할 수 없이 나는 일단 양이라고 확신할 수 있는 것만을 볼 펜 끝으로 세어보았다. 서른둘이라는 숫자가 나왔다. 서른두 마리의 양. 그다지 색다를 것 없는 풍경 사진이다. 구도가 잘 잡힌 것도 아니고, 이렇다 할 깊은 맛이 있지도 않았다. 그러나 거기에는 확실히 뭔가가 있었다. 문제의 냄새다. 그것은 내가 사진을 처음 보았을 때도 느꼈고, 지난 석 달 동안 줄곧 느껴왔던 것이다.

나는 이번에는 소파에 드러누워 얼굴 위로 사진을 들고 양의 수를 다시 한번 세어보았다. 서른세 마리.

서른세 마리?

나는 눈을 감고 고개를 흔들어 머릿속을 비웠다. '그래 좋아' 하고 나는 생각했다. 설사 무슨 일이 일어날 거라 하더라도 아직은 아무 일도 일어나지 않은 것이다. 그리고 뭔가 일어났다면, 그건 이미 일어나버린 일이다.

나는 소파에 누운 채 다시 한번 양의 수에 도전해보았다. 그리고 그대로 오후에 마신 두 잔의 위스키에 어울리는 깊은 잠에 빠졌다. 잠들기 전에, 나는 아주 잠깐 새 여자 친구의 귀에 대해서 생각했다.

차와 그 운전사 1

데리러 온다던 차는 약속대로 4시에 왔다. 뻐꾸기시계처럼 정확했다. 여사원이 나를 깊은 잠의 늪에서 끌어내주었다. 나는 세면실에서 대충 세수를 했는데도 졸음이 통 가시질 않았다. 엘리베이터를 타고 아래층에 도착할 때까지 세 번이나 하품을 했다. 누군가에게 무언가를 호소하는 듯한 하품이었는데, 호소를 하는 쪽도 그 호소를 받는 쪽도 나였다.

그 거대한 자동차는 건물 현관 앞의 길 위에 잠수함처럼 떠 있었다. 조심성 있는 가족이라면 보닛 속에서라도 지닐 수 있을 정도로 거대한 차였다. 유리창이 칙칙한 파란색이라 밖에서 안을 들여다볼 수 없도록 되어 있었다. 차체는 그야말로 장엄한 검정색이었고, 범퍼에서 휠캡에 이르기까지 얼룩 하나 없었다.

차 옆에는 말끔한 흰 셔츠에 오렌지색 넥타이를 맨 중년의 운전사가 꼿꼿한 자세로 서 있었다. 진짜 운전사였다. 그는 내가 다가가자 아무 말 없이 문을 연 다음, 내가 정확히 자리에 앉는 것을 확인하고 나서 문을 닫았다. 그리고 자기도 운전석에 올라타고 문을 닫았다. 이 모든 일이 진행되는 데 새 트럼프를 한 장씩 뒤집을 때 정도의 소리밖에 나지 않았다. 친구에게서 산 내 15년 된 폭스바겐에 비하면, 귀마개를 하고 호수 밑바닥에 앉아 있는 것처럼 조용했다.

차의 내부 장식도 대단했다. 대형차의 액세서리가 대개 그렇듯 결코 품위 있다고는 할 수 없지만, 그래도 대단한 것임에는 틀림없었다. 널찍한 뒷좌석 한가운데에는 고상한 디자인의 푸시폰이 설치되어 있었고, 그 옆에는 은으로 된 라이터와 재떨이, 담배 케이스 세트가 나란히 놓여 있었다. 운전석 뒤에는 조립식 책상과 작은 캐비닛이 놓여 있어서 글을 쓰거나 간단한 식사를 할 수 있도록 되어 있었다. 에어컨 바람은 조용하고 자연스러웠으며, 바닥에 깐 카펫은 부드러웠다.

정신을 차렸을 때, 차는 이미 움직이고 있었다. 마치 늦대야를 타고 수은으로 된 호수를 미끄러져가는 것 같았다. 나는 도대체 이 차에 얼마만큼의 돈을 들였을까 생각해보았지만,

아무리 골똘히 생각해봐도 허사였다. 모든 것은 내 상상력의 범위를 초월했다.

"음악이라도 틀어드릴까요?" 하고 운전사가 말했다.

"되도록 잠이 올 만한 거면 좋겠는데"라고 나는 말했다.

"알겠습니다."

운전사는 좌석 밑을 손으로 더듬어 카세트테이프를 골라 대시보드의 스위치를 눌렀다. 어딘가에 교묘하게 숨겨진 스피커에서 무반주 첼로 소나타가 조용히 흘러나왔다. 나무랄 데 없는 곡에다 나무랄 데 없는 소리였다.

"언제나 이 차로 손님을 모시나요?"라고 나는 물어보았다.

"그렇습니다" 하고 운전사는 주의 깊게 대답했다.

"최근에는 늘 이 차로 모셨습니다."

"그래요"라고 나는 말했다.

"이것은 원래 선생님 전용차였거든요"라고 잠시 후에 운전사가 말했다. 운전사는 보기보다는 훨씬 붙임성이 있는 것 같았다. "하지만 금년 봄부터 몸이 안 좋아지셔서 바깥출입을 안 하시게 되었는데, 그렇다고 차를 놀리는 것도 그렇고 해서요. 그리고 잘 아시겠지만, 차라는 것은 정기적으로 움직여주지 않으면 성능이 저하되거든요."

"아, 그렇겠군요"라고 나는 말했다. 그렇다면 선생의 건강이 나쁘다는 것은 비밀도 아닌 셈이다. 나는 담배 케이스의 담배 한 개비를 손으로 집어서 바라보았다. 상표명이 없는 오리지 널 궐련인데, 코에 가까이 대보니 러시아 담배에 가까운 냄새 가 났다. 나는 피울까 아니면 호주머니에 넣어둘까 한동안 망 설이다가 생각을 고쳐먹고 제자리에 놓았다. 라이터와 담배 케이스에는 한가운데에 정교하게 도안된 문장紋章이 새겨져 있었다. 양의 문장이었다.

양?

무슨 생각을 해도 부질없을 것 같아서 나는 고개를 젓고 눈 을 감았다. 귀가 찍힌 그 사진을 처음 봤던 오후부터, 내가 감 당할 수 없는 여러 가지 일들이 벌어지기 시작했던 것 같다.

"목적지까지 얼마나 걸리지요?"라고 나는 물어보았다.

"30분에서 40분, 교통 사정에 따라 다르지만요."

"그럼 냉방을 조금 약하게 해주시겠어요? 좀 더 자고 싶은데."

"알겠습니다."

운전사는 에어컨을 조절하고 나서 대시보드 스위치 중 하나 를 눌렀다. 두툼한 유리가 소리 없이 스르르 올려져 운전석과 뒷좌석 사이를 차단시켰다. 좌석은 바흐의 음악을 제외하면 거 의 완벽할 정도로 침묵에 싸였다. 그러나 나는 이미 웬만한 일 에는 놀라지 않게 되었다. 나는 시트에 뺨을 묻고 잠이 들었다.

꿈속에 젖소가 나왔다. 비교적 말쑥했는데 나름대로 고생도 한 듯한 타입의 젖소였다. 우리는 넓은 다리 위에서 스치듯 지나갔다. 기분 좋은 봄날 오후였다. 젖소는 한 손에 낡은 선풍기를 들고서 내게 그것을 싸게 사지 않겠느냐고 물었다. 나는 돈이 없다고 대답했다. 정말로 없었다.

그럼 집게와 교환하면 어떻겠느냐고 젖소가 물었다. 나쁘지 않은 제안이었다. 나는 젖소와 함께 집으로 돌아가 열심히 집게를 찾았다. 그러나 집게는 보이지 않았다.

"이상한데"라고 나는 말했다. "정말로 어제까지 있었는데."

내가 선반 위를 살펴보기 위해 의자를 가져오는 장면에서, 운전사가 내 어깨를 두드리며 깨웠다.

"도착했습니다"라고 운전사가 간결하게 말했다.

문이 열리더니 저녁 무렵의 여름 햇살이 내 얼굴에 내리쬐었다. 몇천 마리의 매미가 시계의 태엽을 감는 것처럼 울어대고 있었다. 흙냄새도 났다.

나는 차에서 내려 기지개를 켠 후에 심호흡을 했다. 그리고 내가 꾼 꿈이 상징적인 꿈이 아니길 빌었다.

실지렁이 우주란 무엇인가?

상징적인 꿈이 있고, 그런 꿈이 상징하는 현실이 있다. 또는 상징적인 현실이 있고, 그런 현실이 상징하는 꿈이 있다. 상징은 말하자면 실지렁이 우주의 명예 시장市長이다. 실지렁이 우주에서는 젖소가 집게를 찾고 있어도 조금도 이상하지 않다. 젖소는 언젠가 집게를 손에 넣을 것이다. 나와는 관계없는 문제다.

그러나 만약 젖소가 나를 이용해서 집게를 손에 넣으려고 한다면, 상황은 완전히 바뀐다. 나는 사고방식이 전혀 다른 우주에 내던져지게 된다. 사고방식이 다른 우주에 내던져져 가장 난처한 일은 말이 길어지는 것이다. 내가 젖소에게 묻기를, "왜 너는 집게를 원하는 거지?" 젖소가 대답하기를, "배가 몹시 고파서요." 내가 묻기를, "배가 고픈데 왜 집게가 필요한 거지?" 젖소가 대답하기를, "복숭아나무 가지에 묶는 거지요." 내가 묻기를, "왜 복숭아나무지?" 젖소가 대답하기를, "그러니까 선풍기를 넘겨준 거 아닙니까?" 끝이 없다. 그리고 나는 끝없이 젖소를 미워하기 시작하고, 젖소도 나를 미워하기 시작한다. 그것이 실지렁이 우주다. 그런 우주에서 빠져나오기 위해서는 다시 한번 다른 상징적인 꿈을 꾸는 수밖에 없다.

1978년 9월의 오후에 바퀴가 넷 달린 그 거대한 차가 나를 데리고 간 곳은, 바로 그와 같은 실지렁이 우주의 중심이었다. 요컨대 나의 바람은 각하却下된 것이다.

나는 주위를 돌아보고 나서 무의식적으로 한숨을 쉬었다. 한숨을 쉴 만한 가치는 있었다.

차는 약간 높은 언덕의 중심에 서 있었다. 뒤에는 차가 올라온 듯한 자갈길이 이어져 있었고, 그것은 인위적일 정도로 구불구불 구부러지면서 멀리 보이는 문으로 통해 있었다. 길 양쪽에는 사이프러스*와 수은등이 연필꽂이처럼 같은 간격으로 늘어서 있었다. 천천히 걸으면 문까지 아마도 15분 정도는

---

* 측백나뭇과의 상록 교목.

걸릴 것 같았다. 사이프러스의 줄기마다 셀 수 없을 만큼의 많은 매미들이 기를 쓰고 매달려, 세계가 종말이라도 향해 굴러가기 시작한 것처럼 울어대고 있었다.

사이프러스 가로수의 바깥쪽은 가지런히 손질한 잔디밭이었고, 언덕의 경사를 따라서 철쭉과 수국 외에도 이름 모를 식물들이 끝없이 흩어져 있었다. 한 무리의 찌르레기들이 잔디 위를 흘러내리는 모래처럼 오른쪽에서 왼쪽으로 이동하고 있었다.

언덕의 양쪽에는 좁은 돌층계가 있었고, 오른쪽으로 내려가면 석등과 연못이 있는 일본식 정원이, 왼쪽으로 내려가면 작은 골프 코스가 있었다. 골프 코스 옆에는 럼레이즌 아이스크림 같은 색깔의 휴식용 정자가 있었고, 그 너머에는 그리스 신화풍의 석상이 있었다. 석상 맞은편에는 거대한 차고가 있었는데 다른 운전사가 다른 차에 호스로 물을 뿌리고 있었다. 차종까지는 알 수 없었지만, 중고 폭스바겐이 아닌 것만은 확실했다.

나는 팔짱을 낀 채 다시 한번 정원을 빙 둘러보았다. 흠잡을 데 없는 정원이었지만, 약간 머리가 아팠다.

"우편함은 어디에 있지요?" 하고 확인 삼아 나는 물어보았다. 아침저녁으로 누가 문까지 신문을 가지러 가는지 신경이

쓰였기 때문이다.

"우편함은 뒷문에 있습니다"라고 운전사는 말했다. 당연한 이야기였다. 물론 뒷문이 있었다.

정원을 살펴보고 나서 나는 우뚝 솟아 있는 건물을 올려다보기 위해 정면을 향했다.

그것은 뭐랄까, 매우 고독한 건물이었다. 예를 들어 거기에는 하나의 개념이 있다. 그리고 거기에는 물론 약간의 예외가 있다. 그러나 시간이 지남에 따라서 그 예외가 얼룩처럼 번져 마침내는 하나의 다른 개념이 되고 만다. 그리고 거기에 다시 약간의 예외가 생긴다 — 한마디로 말하면 그런 느낌의 건물이었다. 목적지를 모르는 채 아무렇게나 진화한 고대 생물처럼도 보였다.

우선 처음에는 메이지*시대풍의 양옥 구조인 것 같았다. 천장이 높은 고전적인 현관과 그것을 감싸고 있는 2층짜리 크림색 건물이었다. 창은 긴 이중창이었는데 페인트는 몇 번이나 칠한 것 같아 보였다. 지붕은 물론 구리판으로 이어져 있었고, 홈통은 로마의 상수도처럼 견고했다. 건물이 그다지 나쁘지 않았다. 확실히 옛날 좋았던 시절의 기품 같은 것이 느

---

* 일본 메이지 천황 시대의 연호(1867년~1912년)

껴졌다.

그런데 그 건물의 오른편에 어떤 익살맞은 건축가가 안채에 맞출 요량으로 같은 경향과 같은 계열의 색으로 된 별채를 붙여놓았다. 의도한 바는 나쁘지 않았지만, 그 두 채는 도무지 어울리지 않았다. 마치 은접시에 셔벗과 브로콜리를 함께 담아놓은 것 같은 느낌이었다. 몇십 년이라는 세월이 그렇게 아무 변화 없이 흘렀고, 그 곁에 석탑 같은 것이 보태졌다. 그리고 탑의 꼭대기에는 장식적인 피뢰침이 설치되어 있었다. 그것이 잘못의 원인이었다. 벼락을 맞아 타버렸어야 했다.

장중한 두 건물은 복도를 통해 이어져 있었고 그것은 또다시 일직선으로 별관으로 이어졌다. 그 별관이라는 것이 또 기묘한 건물이었는데, 적어도 거기에선 일관된 테마를 느낄 수 있었다. '사상의 상반성相反性'이라고 할 만한 것이다. 한 마리의 당나귀가 좌우에 같은 양의 꼴을 놓고 어느 쪽부터 먹어야 할지 결정하지 못한 채 굶어 죽어가는, 그런 종류의 비애가 그 건물에는 감돌고 있었다.

안채 왼편에는 그와 대조적으로 다이라 가문*이 권세를 휘두르던 시대의 일본식 가옥이 길게 뻗어 있었다. 울타리와 잘

* 일본 헤이안 시대(794년~1185년) 말기 득세했던 무사 가문 중 하나.

손질된 소나무가 있었으며, 고급스런 복도가 볼링장의 레인처럼 쭉 뻗어 있었다.

어쨌든 그만한 건물이 예고편이 있는 동시상영 영화 세 편처럼 언덕 위에 펼쳐진 풍경은 꽤 볼 만했다. 만약에 그것이 누군가의 취기와 졸음을 떨쳐버리기 위해 오랜 세월에 걸쳐서 설계된 것이었다면, 그 의도는 제대로 들어맞았다고 볼 수 있다. 그러나 물론 그럴 리는 없었다. 다양한 시대가 낳은 다양한 이류의 재능이 막대한 돈과 결부되어야 이런 풍경이 만들어지는 것이다.

나는 꽤 오랫동안 정원과 저택을 바라보고 있었음에 틀림없다. 불현듯 정신을 차렸을 때에는 운전사가 바로 내 곁에 서서 손목시계를 들여다보고 있었다. 어딘지 모르게 익숙한 동작이었다. 아마도 그가 데리고 온 모든 손님이 나와 똑같은 장소에 오랫동안 서서, 똑같이 멍하니 주위의 풍경을 바라본 모양이었다.

"둘러보시려면 천천히 보십시오"라고 그가 말했다. "아직 8분가량 여유가 있으니까요."

"굉장히 넓군요"라고 나는 말했다. 그 이외에 적당한 표현이 떠오르지 않았다.

"3,250평 됩니다"라고 운전사가 말했다.

"활화산이라도 있으면 어울리겠군" 하고 나는 농담을 해보았다. 그러나 물론 농담은 통하지 않았다. 여기서는 아무도 농담 따위를 하지 않는 것이다.

그렇게 8분이 지나갔다.

*

내가 안내된 곳은 현관 바로 오른편에 있는 다다미 여덟 장정도 크기의 서양식 방이었다. 천장은 굉장히 높고, 벽과 천장이 맞닿는 경계선에는 빙 둘러 조각이 되어 있었다. 세월을 느끼게 하는 차분한 분위기의 소파와 탁자가 놓여 있고, 벽에는 리얼리즘의 극치라고 할 만한 정물화가 걸려 있었다. 사과와 화병과 페이퍼나이프. 화병으로 사과를 쪼개고 나서 페이퍼나이프로 껍질을 벗기는지도 모른다. 씨와 속은 화병에 넣어두면 된다. 창에는 두꺼운 천으로 된 커튼과 레이스커튼이 이중으로 쳐져 있었고, 둘 다 같은 색의 끈으로 걷어 올려져 있었다. 커튼 사이로 비교적 괜찮은 부분의 정원이 보였다. 졸참나무 바닥인 마룻바닥은 알맞은 빛깔로 윤이 났다. 바닥의 절반을 차지하는 카펫은 낡은 색조에도 불구하고 털은 아주 튼튼했다.

나쁘지 않은 방이었다. 정말 나쁘지 않았다.

기모노를 입은 나이 지긋한 가정부가 방으로 들어와 아무 말 없이 탁자 위에 포도주스 잔을 하나 놓고 나갔다. 그녀의 뒤에서 문이 철컥하고 닫혔다. 그리고 모든 것이 잠잠해졌다.

테이블 위에는 차 안에서 본 것과 똑같은 은제 라이터와 담배 케이스와 재떨이가 놓여 있었다. 그리고 그 하나하나에 전에 본 것과 똑같은 양의 문장이 새겨져 있었다. 나는 호주머니에서 내 필터 담배를 꺼내 은제 라이터로 불을 붙인 후에 높은 천장을 향해서 연기를 뿜어냈다. 그리고 포도주스를 마셨다.

10분 후에 다시 한번 문이 열리고 검은 양복을 입은 키 큰 남자가 들어왔다. 남자는 "잘 오셨습니다"라고도 "오래 기다리셨습니다"라고도 하지 않았다. 나도 아무 말 하지 않았다. 남자는 말없이 내 맞은편에 앉아 고개를 약간 갸웃거리며 내 얼굴을 품평이라도 하듯이 한동안 바라보았다. 확실히 내 친구가 말했던 것처럼 남자에게는 표정이라는 것이 없었다.

한동안 시간이 흘렀다.

제5장_ 쥐로부터의 편지와 뒷이야기

쥐의 첫 번째 편지

—1977년 12월 21일 소인

잘 지냈어?

벌써 꽤 오랫동안 너를 만나지 못한 것 같은 기분이 들어. 도 대체 몇 년이나 되었지?

몇 년일까?

세월에 대한 감각이 점점 둔해지고 있어. 왠지 납작한 검은 새가 머리 위에서 푸드득거리고 있는 것 같고, 무엇이든 셋 이상을 셀 수 없어. 미안하지만 네가 세어줬으면 해.

모두에게 아무 말도 않고 거리를 뛰쳐나와 너에게 적잖이 폐를 끼친 것 같네. 아니면 네게도 말없이 떠나와 불쾌하게 생각했는지도 모르지. 나는 몇 번이나 너에게 변명하려고 마 음먹었었지만, 도저히 할 수 없었어. 꽤 많은 편지를 썼다가는 찢어버렸지. 하지만 이것은 당연하다면 당연한 이야기여서, 나 자신에게도 제대로 설명할 수 없는 일을 하물며 남에게 설명한다는 것은 불가능하지 않겠어?

아마도.

나는 옛날부터 편지를 잘 못 썼어. 순서가 바뀌기도 하고 정반대의 말을 잘못 사용하기도 하지. 그리고 편지를 씀으로써 오히려 혼란스러울 때도 있고 말이야. 게다가 나는 유머 감각이 부족하기 때문에 문장을 쓰면서 스스로에게 진절머리가 나기도 하지.

하긴 편지를 잘 쓸 줄 아는 사람이라면 편지를 쓸 필요도 없겠지. 왜냐하면 자신의 문맥 속에서 충분히 살아갈 수 있을 테니까. 물론 이것은 내 개인적인 견해에 지나지 않아. 문맥 속에서 살아가는 일 따위는 불가능할지도 모르니까.

지금은 몹시 추워서 손이 곱아 있어. 마치 내 손이 아닌 것 같아. 내 뇌도 내 뇌가 아닌 것 같고. 지금 눈이 내리고 있어. 남의 뇌 같은 눈이야. 그리고 남의 뇌처럼 자꾸자꾸 쌓여가고 있지. (의미가 없는 문장이군.)

추운 것만 빼면 나는 별 탈 없이 잘 지내고 있어. 그쪽은 어때? 내 주소는 알리지 않겠지만, 신경 쓰지 마. 너에게 뭔가를 숨기고 싶어서 그러는 건 아니야. 그것만은 알아주길 바라. 이것은 내게 있어서는 아주 기묘한 문제야. 너에게 주소를 가르쳐주면 그 순간부터 내 속에서 뭔가가 변해버릴 것 같거든. 제대로 표현할 수는 없지만 말이야.

너는 내가 제대로 표현하지 못하는 일을 언제나 잘 이해해주었던 것 같은 생각이 들어. 하지만 네가 제대로 이해해주면 줄수록, 나는 점점 더 제대로 말을 못하게 되는 것 같아. 아마 선천적으로 어딘가 결함이 있나 봐.

물론 누구에게나 결함은 있지.

하지만 내 최대의 결함은 해를 거듭할수록 그 결함이 점차 커져간다는 데에 있어. 다시 말해서 몸속에서 닭을 기르고 있는 것과 같지. 닭이 알을 낳고, 그 알이 다시 닭이 되고, 그 닭이 또 알을 낳는 거야. 그런 식으로 그런 결함을 안은 채 사람이 살아갈 수 있는 걸까? 물론 살아갈 수 있겠지. 결국은 그것이 문제지.

어쨌든 나는 내 주소를 쓰지 않을 거야. 아마 그게 더 나을 거야. 내 자신에게도 너에게도 말이야.

아마 우리는 19세기의 러시아에서나 태어났어야 했는지도 몰라. 나는 무슨 무슨 공작, 너는 무슨 무슨 백작이고, 둘이서 사냥도 하고 결투도 하고 사랑의 쟁탈전도 벌이고, 형이상적인 고민도 하고 흑해 주변에서 저녁놀을 바라보며 맥주를 마시기도 하는 거지. 그리고 노년에는 '무슨 무슨 난(亂)'에 연루되어 둘이 함께 시베리아로 유배되어 거기서 죽는 거야. 멋지다고 생각지 않아? 나도 19세기에 태어났다면 좀 더 훌륭한 소설다운 소설을 쓸 수 있었을 텐데. 도스토옙스키 정도는 못 되더라도. 아마 그에 가까운 사람은 되었을 거야. 너는 무엇을 하고 있었을까? 너는 그저 무슨 무슨 백작이었을지도 모르지. 그저 무슨 무슨 백작이라는 것도 괜찮지 않아? 어딘지 19세기적이거든.

하지만 이제 그만두지. 20세기로 돌아가자고.

거리에 대해서 이야기하지.

우리가 태어난 거리가 아니고, 다른 여러 가지 거리야.

세계에는 참으로 다양한 거리가 있지. 그 거리마다에는 저마다의 알 수 없는 것들이 있어서, 그것들이 나를 매혹시켜. 나는 지난 몇 년 동안 그렇게 상당히 많은 거리를 지나쳐왔어.

아무런 계획 없이 되는 대로 아무 역에 내리면 작은 로터리가 있고, 그곳 안내도가 있고, 상점가가 있지. 어디나 똑같아. 개의 생김새까지 똑같지. 우선 그 거리를 한 바퀴 빙 돌아보고 나서 복덕방에 들어가 싸구려 하숙집을 소개받는 거야. 물론 나는 타지 사람이고, 작은 거리는 배타적이라서 금방은 믿어주지 않지. 하지만 나는 너도 알다시피 마음만 먹으면 꽤 붙임성 있게 굴 수 있어. 그래서인지 15분 안에 웬만한 사람과는 친해질 수 있거든. 그렇게 해서 거처를 마련하고 그 거리에 대해서 여러 가지 정보도 얻는 거지.

그다음은 일거리 찾기야. 이것 역시 여러 사람과 친해지는 것으로부터 시작되지. 너라면 아마 진절머리를 내겠지만(나도 나름대로 지겨워), 어차피 기껏해야 서너 달 살 텐데 누구와 친해지든 그게 그거지. 우선 그 거리의 젊은 친구들이 모이는 찻집이나 스낵바 같은 데를 찾은 다음(어느 거리에나 그런 곳은 있게 마련이지. 그 거리의 배꼽 비슷한 거야), 그 집의 단골이 되고, 아는 사람을 만들어서 일을 소개받는 거야. 물론 이름이나 신상에 관한 이야기는 적당히 꾸며대는 거지. 그런 연유로 해서, 이제 나는 네가 상상도 못할 만큼 많은 이름과 프로필을 가지고 있어. 가끔 본래의 내가 어떤 사람이었는지조차 잊어버릴 정도니까.

일만 해도 정말 여러 가지 일을 해봤지. 대개는 따분한 일이었지만, 그래도 일하는 건 즐거워. 가장 많이 한 것은 주유소 일일 거야. 그다음이 스낵바의 바텐더. 서점에서 점원 일도 했고, 방송국에서 일한 적도 있지. 막노동도 했고 화장품 세일즈도 했어. 세일즈맨으로서의 나는 상당한 평가를 받았다고. 그리고 여러 여자와 잤지. 서로 다른 이름과 다른 프로필로 여자와 자는 것도 나쁘지 않더군.

대충 이런 생활을 반복했지.

그리고 나는 스물아홉 살이 됐어. 이제 아홉 달만 있으면 서른 살이 되겠지.

이런 생활이 내게 어울리는지 어떤지는 아직 잘 모르겠어. 방랑기가 있는 성격이라는 것이 보편적으로 존재하는 건지 그것도 잘 모르겠고. 누군가 썼듯이, 오랜 방랑 생활에 필요한 것은 세 가지 성향, 즉 종교적인 성향, 예술적인 성향, 정신적인 성향 가운데 하나인지도 모르지. 그중 하나라도 갖추지 않으면 오랜 방랑은 존재하지 않는다는 거지. 하지만 내가 그 세 가지 중 어느 하나에 해당한다고는 생각하지 않아. (굳이 하나를 말한다면…… 아니야, 그만두지.)

어쩌면 나는 문을 잘못 연 채 그대로 물러설 수 없게 된 건지도 몰라. 하지만 기왕 열었으니 잘해봐야 하지 않겠어? 왜냐하면 언제까지나 외상으로 물건을 살 수만은 없는 일이니까.

대충 이런 이야기야.

처음에도 말했듯이(말했었나?), 널 생각하면 나는 좀 불안해져.

널 생각하면 내가 그런대로 정상적이었을 때의 일들이 떠오르기 때문인가 봐.

  P.S.

  내가 쓴 소설을 동봉할게. 내게는 이제 의미가 없는 것이니까 적당히 처리해줘.

  이 편지가 12월 24일에 도착할 수 있도록 속달로 보낼게. 제대로 도착했으면 좋겠는데.

  어쨌든 생일 축하해.

  그리고

  화이트 크리스마스.

                              *

쥐의 편지는 세밑도 임박한 12월 29일에 내 아파트 우편함에 꼬깃꼬깃해진 채 처박혀 있었다. 반송 쪽지가 두 장이나 붙어 있었다. 수신인의 주소가 옛날 것으로 되어 있었기 때문이다. 이쪽에서 알릴 길이 없으니까 어쩔 수 없었다.

  나는 연두색 편지지 넉 장에 깨알같이 쓰인 편지를 세 번이나 읽어보고 나서, 봉투를 손에 들고 반쯤 희미해진 소인을 살펴보았다. 그것은 내가 이름을 들어본 적도 없는 고장의 소인이었다. 나는 책꽂이에서 지도를 꺼내 그 고장을 찾아보았다. 쥐의 편지글로 보아 혼슈의 북단쯤이 아닐까 생각했는데, 예상대로 그곳은 아오모리현에 있었다. 아오모리에서 기차를 타고 한 시간쯤 걸리는 작은 고장이다. 열차 시간표를 보니 거기에는 하루에 열차가 다섯 번 정거한다. 아침에 두 번, 낮에 한 번, 저녁에 두 번. 12월의 아오모리라면 나도 몇 번 가본 적이 있다. 그곳은 신호등이 얼어버릴 정도로 굉장히 춥다.

나는 그 편지를 아내에게 보여주었다. "불쌍한 사람이네요"라고 그녀는 말했다. "불쌍한 사람들이네"라고 말할 생각이었는지도 모른다. 물론 지금은 아무래도 상관없는 일이다.

원고지 200매가량 되는 소설은 제목도 보지 않고 책상 서랍에 쑤셔 넣었다. 왠지 읽고 싶지 않았다. 편지만으로도 충분했다.

그리고 나는 난로 앞에 놓여 있는 의자에 앉아서 담배를 세 개비 피웠다.

*

쥐에게서 다음 편지가 온 것은 이듬해 5월이었다.

쥐의 두 번째 편지
—소인은 1978년 5월 ?일

지난번 편지에서 내가 좀 말이 많지 않았나 하는 생각이 드네. 하지만 무슨 말을 했는지는 깡그리 잊어버렸어.

나는 다시 장소를 옮겼지. 이번엔 이제까지와는 전혀 다른 곳이야. 아주 조용한 곳이지. 내게는 지나치게 조용한지도 모르겠어.

하지만 이곳은 어떤 의미에서는 내게 있어서 하나의 종결점이지. 나는 이곳에 와야만 했기 때문에 온 것 같기도 하고, 또 모든 흐름을 거역하며 여기까지 온 것 같은 생각도 들어. 나로서는 판단할 수가 없어.

이건 형편없는 문장이야. 너무도 막연해서, 아마 넌 무슨 말인지 통 알 수가 없겠지. 아니면 넌 내가 나 자신의 운명에 필요 이상으로 의미를 부여하고 있다고 생각할지도 모르겠어. 물론 네가 그렇게 생각하게 된 데에 대한 책임은 전적으로 나에게 있지.

그러나 내가 현재 처해 있는 상황을 네게 설명하려고 하면 할수록, 내 문장이 이런 식으로 형편없는 문장이 되고 만다는 사실을 알아주었으면 좋겠어. 하지만 나는 정상이야. 이런 적이 없었을 만큼 정상이지.

구체적인 이야기를 할게.

이곳은 앞에서도 말했듯이 아주 조용해. 달리 할 일이 없으니까 매일 책을 읽으며(여기에는 10년이 걸려도 다 읽지 못할 정도의 책이 있어) FM 라디오의 음악 프로그램이나 레코드(여기에는 레코드도 상당히 많아)를 듣고 있어. 이처럼 한꺼번에 몰아서 음악을 듣는 게 무려 10년 만이야. 롤링 스톤스라든가 비치 보이스가 아직도 활약하고 있다니 놀라운 일이지. 시간이라는 것은 어쩔 수 없이 이어져 있는 건가 봐. 우리는 자신의 사이즈에 맞춰서 시간을 습관적으로 잘라내버리니까 자칫 착각하기 쉽지만, 시간이라는 것은 확실히 이어져 있어.

이곳에는 자신의 사이즈라는 것이 없어. 따라서 제 사이즈에 맞춰서 남의 사이즈에 대해 이러쿵저러쿵 칭찬하거나 비방하는 친구들도 없어. 시간은 투명한 강처럼 있는 그대로 흐르지. 여기에 있다 보면 가끔 내 원형질마저 해방되어 버린 듯한 기분이 들어. 즉 나는 문득 아무 생각 없이 자동차에 시선을 보내는데, 그것이 자동차라는 걸 인식하기까지 몇 초가 걸릴 때가 있지. 물론 어떤 종류의 본질적인 인식은 있지만, 그것이 경험적인 인식과 제대로 교차되지 않아. 최근 들어 그런 일이 조금 잦아졌어. 아마 오랫동안 혼자서 외롭게 지냈기 때문일 거야.

여기서 제일 가까운 마을까지는 차로 한 시간 반이나 걸려. 아니, 마을이라고 할 만한 것도 못 되지. 아주 작은 마을의, 그것도 잔해殘骸야. 아마 너는 상상도 하지 못할 거야. 그래도 그런대로, 어쨌든 마을은 마을이지. 의류라든가 식료품, 휘발유 따위를 살 수 있지. 만약 보고 싶다면 사람의 얼굴도 볼 수 있어.

겨울 동안에는 길이 꽁꽁 얼어붙어서 차는 거의 다닐 수 없게 돼. 도로 주위가 습지대라 지표 그 자체가 셔벗처럼 얼어붙어버리는 거야. 그리고 그 위에 눈이 내려서 어디가 길인지조차 분간할 수 없게 되지. 이 세상의 종말 같은 경치야.

나는 3월 초에 처음 이 고장에 왔어. 지프의 바퀴에 체인을 감고, 그런 풍경 속을 지나온 거야. 마치 시베리아로 유형 가는 것처럼 말이야. 지금은 5월이어서 눈도 말끔히 녹았어.

4월에는 산골짜기에서 줄곧 눈사태 소리가 들려왔어. 눈사태 소리를 들어본 적 있어? 눈사태가 그친 다음에는 정말 완벽한 침묵이 찾아와. 내가 도대체 어디에 있는지조차 알 수 없게 되어버릴 정도로 완벽한 침묵이지. 무서울 정도로 고요해.

산속에 줄곧 갇혀 있었던 탓에 나는 이래저래 벌써 석 달이나 여자와 자지 못했어. 그런대로 괜찮지만, 계속 이런 식으로 지내다가는 인간 그 자체에 흥미를 잃어버릴 것 같아. 그건 내가 원하는 바가 아닌데 말이야. 그래서 좀 더 따뜻해지면 직접 나서서 어딘가에서 여자를 찾아내려고 마음먹고 있어. 자랑은 아니지만, 내게 있어서 여자를 물색한다는 것은 그다지 어려운 일이 아니거든. 나는 마음만 먹으면—어쩐지 나는 '마음만 먹으면'이라는 세계에서 살고 있는 것 같지만—섹스어필 비슷한 것을 꽤 발휘할 수 있거든. 그래서 비교적 쉽게 여자를 구할 수 있어. 문제는 나 자신이 그런 능력에 익숙해지지 못하는 데 있다고 할 수 있겠지. 다시 말해서 어느 단계까지 가면 어디까지가 나 자신이고, 어디까지가 내 섹스어필인지를 분간할 수 없게 되고 마는 거야. 어디부터가 로렌스 올리비에*고 어디서부터가 오셀로인지를 알 수 없게 되는 것과 마찬가지지. 그

---

* 셰익스피어 해석의 대가로 꼽히는 영국의 연극배우로 '오셀로'로 분한 바 있다.

러니까 도중에 미처 거두어들일 수 없게 되어 이것저것 모조리 내던져버리게 되는 거야. 그리고 여러 사람에게 폐를 끼치게 되는 거지. 이제까지의 내 인생이라는 것은 말하자면 그런 일의 끝없는 반복이었어.

고맙게도(정말로 고마운 일이지) 지금의 나에게는 내던져버릴 것이 아무것도 없어. 이 기분은 말할 수 없이 근사해. 내던질 만한 것이 있다면 그건 나 자신 정도지. 나를 내던진다는 생각도 그다지 나쁘지 않군. 아니, 이런 글은 약간 감상적인 것 같아. 사고방식으로서는 조금도 감상적이지 않은데, 글로 쓰고 보면 감상적이 되네.

난처한 일이야.

대체 무슨 이야기를 하고 있었지?

여자에 대해서였던가.

여자들에겐 예쁜 서랍이 달려 있고 그 속에는 특별한 의미가 없는 잡동사니가 가득 들어 있지. 나는 그런 것이 아주 좋아. 나는 그런 잡동사니 하나하나를 꺼내어 먼지를 털고, 그 나름대로의 의미를 찾아내줄 수 있지. 섹스어필의 본질이란 요컨대 그런 것이 아닌가 싶어. 하지만 그래서 어떻게 되느냐 하면, 아무것도 되는 일은 없지. 그다음은 내가 나이기를 포기하는 수밖에 없어.

그래서 나는 지금 섹스에 대해서만 생각하고 있어. 흥미를 섹스라는 한 점으로 압축하면, 감상적인지 아닌지에 대해서는 생각할 필요도 없지.

흑해 주변에서 맥주를 마시는 것과 마찬가지야.

여기까지 다시 읽어보았어. 약간 이치에 맞지 않는 데도 있지만, 나로서는 정직하게 쓴 것 같네. 무엇보다도 지루한 것이 좋아.

게다가 이건 아무리 생각해도 너에게 쓰는 편지조차 아닌 것 같아. 이건 아마 우체통에게 보내는 편지일 거야. 그러나 그렇다고 해서 나를 비난하지 말아줘. 여기에서는 우체통이 있는 곳까지 가려면 지프로 한 시간 반이나 걸리거든.

여기서부터는 진짜 네게 쓰는 편지야.

너에게 두 가지 부탁이 있어. 둘 다 서둘러야 하는 일은 아니니까, 네 마음이 내킬 때 처리해주면 돼. 네가 그렇게 해주면 내게는 큰 도움이 되겠지. 아마 석 달 전이라면, 너에게 무엇 하나 부탁할 수 없었을 거야. 그러나 지금은 너에게 무엇이든 부탁할 수 있어. 그것만으로도 하나의 진보지.

첫 번째 부탁은 감상적인 거야. 즉 '과거'에 관한 부탁이야. 나는 5년 전에 그 거리를 떠날 때, 너무나 혼란스러웠고 다급했던 탓에 몇몇 사람에게 작별 인사를 하지 못했어. 구체적으로 말하면, 너와 J, 그리고 네가 모르는 한 여자야. 너와는 다시 한번 만나서 제대로 작별 인사를 할 수 있을 것 같은 생각이 들지만, 나머지 두 사람과는 다시는 작별 인사를 할 기회가 없을 것 같아. 그러니까 만약 네가 그 거리로 돌아갈 일이 있다면, 내가 보내는 작별 인사를 그들에게 전해주었으면 해.

물론 이것이 아주 염치없는 부탁이라는 것은 잘 알고 있어. 내가 직접 편지를 써야 한다는 것도 알아. 하지만 정직하게 말하면, 나는 네가 돌아가서 그 두 사람을 직접 만나주었으면 해. 그 편이 내가 직접 편지를 쓰는 것보다 내 마음을 더 잘 전할 수 있을 것 같은 기분이 들거든. 그녀의 주소와 전화번호는 따로 적어둘게. 만약 이사를 했거나 결혼을 했다면 그것으로 됐어. 만나지 말고 그냥 돌아와줘. 그러나 지금도 같은 주소에 살고 있다면, 그녀를 만나서 내 인사를 대신 전해줘.

그리고 J에게도 안부 전해줘. 내 몫의 맥주까지 마셔주길 바라.

그것이 우선 하나야.

또 한 가지는 약간 색다른 부탁이야.

한 장의 사진을 동봉할게. 양의 사진이지. 이것을 어디라도 좋으니까 사람들 눈에 띄는 곳에 내놓아주길 바라. 이것도 너무 제멋대로인 부탁이라고 생각하지만, 너 말고는 부탁할 사람이 없어. 내 섹스어필을 몽땅 너에게 넘겨도 좋으니, 이 부탁만은 들어주었으면 해. 이유는 말할 수 없지만, 이 사진은 내게는 중요한 것이거든. 언젠가 훗날에 설명할 때가 올 거야.

수표를 동봉할게. 필요할 때 써. 돈에 대해서는 걱정하지 않아도 돼. 여기에 있으면 돈 쓸 데가 없어 고민일 지경이고, 뿐만 아니라 지금으로서는 내가 할 수 있는 일이란 그 정도밖에 없으니까.

부디 내 몫의 맥주를 마시는 걸 잊지 말아줘.

*

반송 사유를 적은 쪽지를 떼어보니, 소인은 읽을 수 없었다. 봉투 속에는 10만 엔짜리 은행수표와 여자의 이름과 주소를 적은 쪽지, 양이 찍힌 흑백사진이 들어 있었다.

나는 집을 나올 때 그 편지를 우편함에서 꺼내들고 회사에 와 책상에 앉아 그것을 읽었다. 지난번과 똑같은 연두색 편지지였고, 수표는 삿포로에 있는 은행에서 발행한 것이었다. 그렇다면 쥐는 홋카이도로 건너간 모양이다.

눈사태에 관한 내용은 왠지 얼른 와닿지 않았지만, 쥐 자신이 썼듯이 전체적으로는 매우 솔직하게 쓴 편지였다. 게다가 농담으로라도 10만 엔짜리 수표를 보내는 사람은 아무도 없다. 나는 책상 서랍을 열고, 거기에 편지를 봉투째 넣어두었다.

　그때는 아내와의 관계가 허물어져가고 있던 때였으므로 내게는 그다지 신통치 않은 봄이었다. 그녀는 벌써 나흘이나 집에 돌아오지 않고 있었다. 냉장고 속에서는 우유가 고약한 냄새를 뿜어내고, 고양이는 항상 배고파하고, 세면대에 놓여 있는 그녀의 칫솔은 화석처럼 말라비틀어져 있었다. 그런 집 안에 아련한 봄 햇살이 내리쬐고 있었다. 햇빛만은 언제나 무료다.

　길고 긴 막다른 골목—아마 그녀가 말한 대로일 것이다.

노래는 끝났다

나는 6월에 거리로 돌아왔다.

나는 적당한 이유를 꾸며 사흘간의 휴가를 얻은 후, 화요일 아침에 혼자서 신칸센을 탔다. 흰색 반팔 스포츠셔츠와 무릎에 구멍이 나기 직전인 초록색 면바지, 흰색 테니스화, 짐은 없었다. 아침에 일어나서 면도하는 것조차도 잊어버렸다. 오랜만에 신은 테니스화의 뒤축은 믿을 수 없을 정도로 비뚤게 닳아 있었다. 아마 나도 모르는 사이에 몹시 부자연스럽게 걷고 있었던 모양이다.

짐도 들지 않고 열차를 타고 장거리 여행을 하는 건 멋진 일이었다. 마치 아무 생각 없이 산책하는 동안에 시공時空의 일그러짐 속에 휘말려버린 뇌격기雷擊機같은 기분이다. 거기에는 완벽하게 아무것도 없다. 치과의 진료 예약도 없고, 책상 서랍 속에서 해결을 기다리고 있는 문제도 없다. 이제는 돌이킬 수도 없을 만큼 얽혀버린 인간관계도 없다. 신뢰감이 강요하는 하찮은 호의도 없다. 나는 그런 모든 것들을 일시적인 나락奈落의 밑바닥으로 쓸어넣어버리고 온 것이다. 내가 가지고 있는 것은 고무창이 비뚤게 닳아버린 낡은 테니스화, 그뿐이다. 그것은 또 다른 시공에 대한 막연한 기억처럼 내 두 발에 단단히 매달려 있지만, 그것도 그리 대단한 문제는 아니다. 그런 것은 몇 개의 캔 맥주와 물기 없이 바싹 마른 햄샌드위치가 날려보내준다.

거리로 돌아온 건 4년 만이다. 4년 전에는 내 결혼에 관한, 말하자면 사무적인 절차를 위해서 돌아왔었다. 그러나 그것은—내가 사무적인 절차라고 생각하고 있던 일을 어느 누구도 그렇게 생각해주지 않았다는 데서—무의미한 여행이었다. 요컨대 사고방식의 차이인 것이다. 어떤 사람에게는 끝나버린 일이 다른 사람에게는 아직 끝나지 않은 일이다. 그저 그뿐이다. 그저 그뿐인 것이 선로의 앞쪽으로 가면 매우 큰 차이를 갖게 된다.

그 이후로 나에게 '거리'란 없다. 내가 돌아올 수 있는 곳은 아무 데도 없다. 그렇게 생각하니 나는 마음속으로부터 안심이 되었다. 이제는 아무도 나를 만나고 싶어 하지 않는다. 이제는 아무도 나를 찾지 않고 아무도 내가 찾길 원하지 않는다.

캔 맥주를 두 개 마시고 나서 30분가량 잤다. 눈을 떴을 때에는 처음에 느꼈던 홀가분한 해방감은 이미 깨끗이 사라지고 없었다. 열차가 나아감에 따라 하늘은 장마철의 우중충한 회색으로 뒤덮여갔고, 그 밑으로는 평상시와 다름없는 따분한 풍경이 펼쳐지고 있었다. 아무리 속도를 내도 그런 따분함에서 벗어날 수는 없다. 반대로 속력을 내면 낼수록 우리는 따분함의 한복판에 발을 들여놓게 된다. 따분함이란 것은 그런 것이다.

옆자리에 앉은 이십 대 중반의 샐러리맨은 꼼짝도 하지 않고 경제 신문을 열심히 읽고 있었다. 구김살 하나 없는 남색 여름 양복에 검은 구두. 세탁소에서 막 찾아온 듯한 흰 셔츠. 나는 열차의 천장을 바라보면서 담배를 피웠다. 그리고 무료함을 달래기 위해 비틀스가 취입한 곡의 곡명을 차례차례 생각해보았다. 그것은 일흔세 번째에서 멈춰 더 이상 나아가지 않았다. 폴 매카트니는 대체 몇까지 기억하고 있을까?

나는 잠깐 창밖을 바라보고 나서 다시 천장으로 시선을 보냈다.

나는 스물아홉 살이고, 앞으로 여섯 달만 있으면 나의 이십 대는 막을 내린다. 아무것도 없다, 완전히 아무것도 없는

10년간이었다. 내가 얻은 가치가 없고, 내가 이룩한 모든 것은 무의미했다. 내가 거기서 얻은 건 무료함뿐이었다.

처음에 무엇이 있었는지, 이제는 잊어버렸다. 그러나 거기에는 틀림없이 뭔가가 있었다. 내 마음을 흔들고, 내 마음을 통해서 다른 사람의 마음마저 흔드는 뭔가가 있었던 것이다. 결국에는 모든 것을 잃어버리고 말았다. 당연히 잃어야 했기에 잃은 것이다. 모든 것을 포기하는 것 말고 나에게 무슨 방법이 있었을까?

적어도 나는 살아남았다. 좋은 인디언은 모두 다 죽었다고 하더라도, 나는 역시 오래 살아야만 했다.

무엇 때문에?

돌담에게 전설을 전하기 위해서?

설마.

*

"왜 호텔 같은 데에 묵는 거야?"

내가 종이 성냥 뒤에 호텔 전화번호를 적어서 건네주자, J는 이상하다는 듯한 얼굴로 그렇게 말했다. "네 집이 있으니까 거기서 지내면 되잖아."

"이젠 내 집이 아니야"라고 나는 말했다.

J는 더 이상 아무 말도 하지 않았다.

나는 앞에 세 가지의 마른안주를 놓고 맥주를 반쯤 마시고 나서, 쥐의 편지를 꺼내 J에게 건네주었다. J는 수건으로 손을 닦은 다음 두 통의 편지를 대충 훑어보고 나서 다시 한번 천천히 차근차근 읽었다.

"흐흠" 하고 그는 놀랍다는 듯이 말했다.

"살아 있긴 했구나."

"살아 있고말고"라고 나는 말하고 맥주를 마셨다. "그런데 면도를 좀 하고 싶은데 면도기와 셰이빙크림을 빌릴 수 있을까?"

"물론이지"라고 J는 말하며 카운터 밑에서 휴대용 세트를 꺼내주었다. "세면대에서 하면 되지만, 더운물은 안 나올 거야."

"찬물이면 어때"라고 나는 말했다. "바닥에 술 취한 여자가 뒹굴고 있지만 않다면 말이야. 면도에 방해가 되거든."

제이스 바는 완전히 변해 있었다.

옛날의 제이스 바는 국도 옆의 낡은 건물 지하에 있는 작고 습한 가게였다. 여름밤에는 에어컨의 바람이 미세한 안개가 될 정도였다. 오래 마시고 있노라면 셔츠까지 축축해졌다.

J의 본명은 길고 발음하기도 어려운 중국 이름이었다. J라는 이름은 그가 제2차 세계대전이 끝난 후에 미군 기지에서 일하고 있을 때에 미군 병사들이 붙인 이름이었다. 그러는 사이에 본명은 잊혔다.

내가 오래전에 J에게서 들은 이야기로는, 그는 1954년에 미군 기지의 일을 그만두고 그 근처에 작은 바를 열었다. 그것이 최초의 제이스 바였다. 장사는 꽤 잘됐다. 손님의 대부분은 공군의 장교급이어서 분위기도 나쁘지 않았다. 가게가 자리를 잡았을 무렵 J는 결혼했는데 5년 후에 아내가 죽었다. 사인死因에 대해 J는 아무 말도 하지 않았다. 1963년, 베트남 전쟁이 격렬해졌을 무렵 J는 가게를 팔고, 멀리 떨어진 나의 '거리'로 왔다. 그리고 그곳에서 2대째 제이스 바를 열었다.

그것이 내가 J에 대해서 알고 있는 것의 전부였다. 그는 고양이를 기르고 있고, 하루에 담배 한 갑을 피우고, 술은 한 방울도 마시지 않는다.

나는 쥐를 알기 전에는 언제나 혼자서 제이스 바에 다녔다. 나는 맥주를 홀짝홀짝 마시며 담배를 피웠고, 주크박스에 동전을 넣고는 레코드를 들었다. 그 무렵의 제이스 바는 정말이지 한산한 편이어서, 나와 J는 카운터 너머로 여러 가지 이야기를 나눴다. 무슨 이야기를 했는지는 통 생각나지 않는다. 말

수 적은 열일곱 살짜리 고등학생과 홀아비 중국인 사이에 도대체 무슨 화젯거리가 있었을까?

내가 열여덟 살 때 거리를 떠나자 쥐가 그 뒤를 이어서 맥주를 마셨다. 1973년에 쥐가 거리를 떠나버리자, 그 뒤를 잇는 자는 아무도 없었다. 그리고 반년 후에는 도로 확장 때문에 가게도 이전하게 되었다. 그렇게 2대째 제이스 바를 둘러싼 우리의 전설은 끝났다.

3대째 제이스 바는 예전의 건물에서 500미터쯤 떨어진 강변에 있었다. 그다지 크지는 않지만 엘리베이터까지 딸린 새로 지은 4층 건물의 3층이었다. 엘리베이터를 타고 제이스 바에 간다는 게 왠지 기분이 묘했다. 카운터의 자리에서 거리의 야경이 바라다보인다는 것도 묘했다.

새 제이스 바의 서쪽과 남쪽으로는 커다란 창이 나 있어 그걸 통해 산줄기와 이전에는 바다였던 곳이 바라다보였다. 바다는 몇 년 전에 완전히 메워져 그 자리에는 묘비 같은 고층 건물들이 빽빽하게 들어서 있었다. 나는 한동안 창가에 서서 야경을 바라보고 나서 카운터로 돌아왔다.

"옛날엔 바다가 보였지"라고 나는 말했다.

"그랬지"라고 J가 말했다.

"자주 저기서 헤엄치곤 했는데."

"그래" 하고 J는 말하며, 담배를 물고 무거워 보이는 라이터로 불을 붙였다. "기분은 이해해. 산을 허물고 집을 짓고, 그 흙을 바다로 가져다가 메우고 거기에 집을 지은 거야. 그런 일을 훌륭한 일이라고 생각하는 사람들이 아직도 있거든."

나는 말없이 맥주를 마셨다. 천장의 스피커에서 보즈 스캑스Boz Scaggs의 새 히트송이 흐르고 있었다. 주크박스는 어딘가로 사라져버리고 없었다. 홀에 있는 손님의 대부분이 대학생 커플로, 그들은 말쑥한 차림으로 물 탄 위스키나 칵테일을 한 모금씩 얌전하게 마시고 있었다. 엉망으로 취한 여자애도 없었고, 짜릿한 주말의 떠들썩함도 없었다. 틀림없이 모두 집으로 돌아가면 파자마로 갈아입고, 깨끗이 이를 닦고 자겠지. 하지만 그건 그 나름대로 괜찮은 일이다. 산뜻하다는 것은 대단히 근사하다. 애당초 세계에도 바에도 사물의 바람직한 모습 따위는 존재하지 않는 것이다.

J는 그러는 동안 줄곧 내 시선을 좇고 있었다.

"어때, 가게가 달라져서 어수선하지?"

"그렇지 않아"라고 나는 말했다. "혼돈이 그 모양을 바꾸었을 뿐이지. 기린과 곰이 모자를 맞바꾸고, 곰과 얼룩말이 목도리를 서로 바꾼 거야."

"여전하군" 하고 J는 말하며 웃었다.

"시대가 바뀐 거지"라고 나는 말했다. "시대가 바뀌면 여러 가지가 바뀌는 법이지. 하지만 결국은 그걸로 된 거야. 모든 게 뒤바뀌는 거니까. 불평을 늘어놓을 수도 없지."

J는 아무 말도 하지 않았다.

나는 새 맥주를 마시고, 그는 새 담배를 피웠다.

"생활은 어때?"라고 J가 물었다.

"나쁘지 않아"라고 나는 간단히 대답했다.

"부인과는 어때?"

"글쎄, 모르겠어. 사람과 사람의 일이니까 말이야. 잘될 것 같을 때도 있고, 그렇지 않을 때도 있지. 부부란 그런 거 아닌가?"

"글쎄"라고 J는 말하며 난처하다는 듯이 새끼손가락 끝으로 코를 긁었다. "결혼생활이 어떤 것인지 까맣게 잊어버렸어. 까마득한 옛날 일이거든."

"고양이는 잘 있어?"

"4년 전에 죽었어. 네가 결혼하고 나서 얼마 안 돼서던가, 장에 탈이 나서……. 하지만 사실은 죽을 때가 됐던 거지. 자그마치 12년이나 같이 살았으니까. 아내와 살았던 기간보다 길었거든. 12년을 살았다면 굉장하지 않아?"

"그렇군."

"산 위에 동물용 공원묘지가 있어서 거기에 묻었어. 고층 건물이 내려다보이지. 이제 이 고장에서는 어디를 가도 고층 건물밖에 안 보여. 하긴 고양이에게는 아무래도 상관없는 일이겠지만 말이야."

"허전하지?"

"응, 그야 허전하지. 어떤 사람이 죽더라도 그처럼 허전하지는 않을 거야. 내가 비정상인가?"

나는 고개를 저었다.

J가 다른 손님을 위해서 칵테일과 시저샐러드를 만드는 동안, 나는 카운터 위에 있던 북유럽제 퍼즐을 가지고 놀았다. 세 마리의 나비가 클로버 위를 날고 있는 도형을 유리 상자 속에서 조립하는 것이었는데, 10분 정도 시도하다가 포기하고 내던졌다.

"아이는 갖지 않을 거야?" 하고 J가 돌아와서 물었다. "이제는 슬슬 가져도 될 나이 아니야?"

"갖고 싶지 않아."

"그래?"

"왜냐하면 나 같은 아이가 태어나면 분명히 어떻게 해야 좋을지 몰라서 당황할 테니까."

J는 이상하다는 듯이 웃으며 내 잔에 맥주를 따라주었다.

"너는 너무 앞질러서 생각하는 버릇이 있어."

"아니야, 그런 문제가 아니야. 무슨 뜻이냐 하면 생명을 만들어내는 일이 정말로 옳은 일인지 어떤지, 그걸 잘 모르겠다는 거야. 아이들이 성장하고, 세대가 교체되고. 그래서 어떻게 되는 거지? 산을 더 허물어서 바다를 메우고. 더 빨리 달리는 차가 발명되고 더 많은 고양이가 치여 죽어. 그뿐 아니겠어?"

"그건 사물의 어두운 면이지. 좋은 일도 일어나고 좋은 사람도 있는 법이거든."

"세 가지씩 예를 들어주면 믿어주지"라고 나는 말했다.

J는 잠깐 생각하더니 웃었다. "하지만 그걸 판단하는 건 너희 아이들의 세대지, 너희는 아니야. 너희 세대는……."

"이미 끝났다 이건가?"

"어떤 의미에서는 말이야"라고 J는 말했다.

"노래는 끝났다. 그러나 멜로디는 아직 울려 퍼지고 있다."

"너는 언제나 말을 잘하는군."

"왜 아니꼬워?" 하고 나는 말했다.

*

제이스 바가 혼잡해지기 시작할 무렵에 나는 J에게 작별 인사를 하고 나왔다. 9시였다. 찬물로 면도를 한 자리가 아직도 따끔거렸다. 애프터셰이브 로션 대신 보드카 라임을 바른 탓도 있었다. J의 말에 의하면 그게 그거라지만, 얼굴에서 온통 보드카 냄새가 났다.

밤은 기묘하게 포근했고, 하늘은 여전히 잔뜩 흐려 있었다. 습한 남풍이 천천히 불고 있었다. 여느 때와 똑같았다. 바다 냄새와 비가 내릴 것 같은 예감이 뒤섞여 있었다. 그리고 일대는 나른한 그리움으로 가득 차 있었고, 하천 부지의 풀숲에서는 벌레 소리가 울려 퍼지고 있었다. 당장에라도 비가 쏟아질 것 같았다. 내리고 있는지 분간하기조차 어려울 정도인데도 몸이 흠뻑 젖어버릴 것 같이 가는 비 말이다.

수은등의 아련한 흰 불빛으로 강이 흐르는 게 보였다. 복사뼈까지밖에 안 오는 얕은 물살이었다. 물은 예전과 다름없이 맑았다. 산에서 직접 흘러내려오기 때문에 오염될 리도 없었다. 강바닥은 산에서 운반되어 오는 자갈과 부드러운 모래로 이루어져 있었고, 군데군데에 모래가 흘러내리는 것을 막기 위한 폭포가 있었다. 폭포 밑의 깊은 웅덩이에서는 작은 물고기가 놀고 있었다.

물이 적은 시기에는 물줄기가 고스란히 모래땅으로 빨려 들어가, 나중에는 약간의 습기를 지닌 하얀 모랫길만이 남는

다. 나는 산책하는 김에 그런 길을 상류까지 더듬어가 물줄기가 강바닥으로 빨려 들어가는 지점을 찾곤 했었다. 거기서는 마지막 가느다란 한 줄기가 뭔가를 찾아낸 것처럼 갑자기 멈췄다가 다음 순간에는 사라져버리곤 했다. 땅의 밑바닥 어둠이 그들을 살짝 삼켰다.

강을 따라 난 길은 내가 좋아하는 길이었다. 물줄기와 함께 나는 걷는다. 걸어가면서 강의 숨결을 느낀다. 그들은 살아 있는 것이다. 그들이야말로 바로 이 거리를 만든 장본인이다. 몇만 년이라는 세월에 걸쳐 그들은 산을 허물고 흙을 나르고 바다를 메워, 그곳에 나무들이 우거질 수 있도록 만들었던 것이다. 처음부터 거리는 그들의 것이었고, 아마 앞으로도 줄곧 그럴 것이다.

장마 덕분에 물줄기는 강바닥으로 빨려 들어가지 않고 계속 바다까지 이어졌다. 강을 따라서 심긴 나무들의 어린 잎 냄새가 났다. 그 푸름이 주변의 공기 속에 차분히 스며들어 있는 것 같았다. 잔디 위에는 몇 쌍의 커플이 어깨를 서로 맞대고 있거나 노인이 개를 데리고 산책하고 있었다. 그리고 고등학생이 오토바이를 세우고 담배를 피우고 있었다. 여느 때와 똑같은 초여름 밤이었다.

나는 도중에 있던 가게에서 산 캔 맥주 두 개를 봉지에 담아가지고, 그것을 들고 바다까지 걸어갔다. 강물은 약간 후미지 거나 반쯤 매립된 운하 같은 바다로 흘러들어가고 있었다. 그 것은 너비 50미터가량으로 잘려진 옛날 해안선의 흔적이었 다. 모래톱은 옛날 그대로의 모래톱이었다. 낮은 파도가 일어, 둥근 나무토막을 밀어 올리고 있었다. 바다 냄새가 났다. 콘크 리트 방파제에는 못이 박힌 채 있거나 스프레이 페인트로 쓰 인 낙서가 옛날 그대로 남아 있었다. 50미터 정도만 남은 그 리운 해안선이었다. 그러나 그것은 높이 10미터나 되는 높은 콘크리트 벽 사이에 꼭 끼여 있었다. 그리고 벽은 그 좁은 바 다를 사이에 낀 채 몇 킬로미터나 저쪽까지 똑바로 뻗어 있 었다. 그리고 거기에는 고층 아파트들이 즐비하게 늘어서 있 었다. 바다는 50미터 정도만 남겨놓고 완벽하게 말살되어 있 었다.

　나는 강을 떠나 이전의 해안 도로를 따라서 동쪽으로 걸어 갔다. 신기하게도 낡은 방파제는 아직 남아 있었다. 바다를 잃은 방파제는 왠지 기묘한 느낌을 주는 존재였다. 나는 예전 에 자주 차를 세우고 바다를 바라보던 근처에서 걸음을 멈추 고 방파제에 걸터앉아 맥주를 마셨다. 바다 대신 매립지와 고 층 아파트가 눈앞에 펼쳐졌다. 굴곡 없이 밋밋한 아파트들은 공중 도시를 만들려다가 그대로 방치된 불행한 다리 위에 걸쳐진 교가橋架처럼 보이기도 했고, 아버지가 돌아오기를 애타게 기다리는 철부지 아이들처럼 보이기도 했다.

각 동棟 사이를 누비듯이 아스팔트 도로가 사방으로 둘러쳐져 있었고, 군데군데에 거대한 주차장과 버스터미널이 있었다. 슈퍼마켓이 있고, 주유소가 있고, 넓은 공원이 있고, 번듯한 집회장이 있었다. 모든 게 새롭고, 부자연스러웠다. 산에서 운반된 흙은 매립지 특유의 으스스한 빛깔을 띠고 있었고, 아직 구획정리가 되지 않은 부분은 바람에 실려온 잡초로 온통 뒤덮여 있었다. 잡초는 놀랄 만한 속도로 새로운 대지에 뿌리를 내리고 있었다. 그것은 아스팔트 도로를 따라서 인위적으로 옮겨진 나무들이나 잔디를 비웃기라도 하듯이 도처에 잠입하려고 했다.

서글픈 풍경이었다.

그러나 도대체 내가 무슨 말을 할 수 있을까? 이곳에서는 이미 새로운 규칙이 세워져 새로운 게임이 시작되고 있는 것이다. 아무도 그것을 멈출 수는 없다.

나는 두 개의 캔 맥주를 다 마시고 나서 이전에는 바다였던 매립지를 향해서 빈 깡통을 하나씩 힘껏 내던졌다. 빈 깡통은 바람에 흔들리는 잡초의 바닷속으로 빨려 들어갔다. 그리고 나는 담배를 피웠다.

담배를 다 피워갈 때 손전등을 든 사내가 천천히 이쪽으로 걸어오는 것이 보였다. 남자는 마흔 살 안팎으로 보였고, 회색 셔츠와 회색 바지에 같은 색 모자를 쓰고 있었다. 틀림없이 지역 시설의 경비원일 것이다.

"아까 뭔가를 던졌지요?"라고 남자가 내 곁에 서서 그렇게 물었다.

"그런데요" 하고 나는 말했다.

"무엇을 던졌지요?"

"둥글고, 금속으로 되어 있고, 뚜껑이 있는 거요"라고 나는 말했다.

경비원은 조금 당황한 것 같았다. "왜 던졌지요?"

"이유 같은 건 없어요. 12년 전부터 계속 던지고 있지요. 반 다스를 한꺼번에 던진 적도 있는데 아무도 시비를 걸지는 않았거든요."

"옛날은 옛날일 뿐이에요"라고 경비원은 말했다. "지금 이곳은 사유지고, 무단으로 사유지에 쓰레기를 버리는 건 금지되어 있어요."

나는 잠깐 동안 가만히 있었다. 몸속에서 순간 뭔가가 떨리더니 멎었다.

"문제는" 하고 나는 말했다. "당신 말이 다 맞다는 것이군요."

"법으로 그렇게 정해져 있어요"라고 남자는 말했다.

나는 한숨을 쉬고 호주머니에서 담배를 꺼냈다.

"어떻게 하면 좋겠어요?"

"주워오라고 할 수는 없겠지요. 어두운 데다가 비도 뿌리기 시작했으니. 그러니까 이제 다시는 뭘 던지지 마세요."

"다시는 던지지 않을게요"라고 나는 말했다. "가서 쉬세요."

"그럼 쉬세요"라고 말하며 경비원은 떠났다.

나는 방파제 위에 벌렁 누워서 하늘을 올려다보았다. 경비원이 말한 것처럼 슬슬 가랑비가 내리기 시작했다. 나는 담배한 개비를 더 피우고 조금 전 경비원과 나눴던 대화를 다시떠올려보았다. 10년 전의 나는 좀 더 터프했던 것 같다. 아니, 그런 느낌이 들었던 것뿐인지도 모른다. 아무래도 좋다.

강을 따라 난 도로로 되돌아와 택시를 잡아탔을 무렵에는 안개 같은 비로 바뀌어 있었다. 나는 호텔로 가자고 말했다.

"여행 중이신가요?"라고 초로의 운전사가 물었다.

"네."

"여기는 처음이세요?"

"두 번째예요"라고 나는 말했다.

그녀는 솔티 도그를 마시면서
파도 소리에 대해 이야기한다

"편지를 가지고 왔습니다만" 하고 나는 말했다.

"나에게?"라고 그녀는 말했다.

전화감이 이상하게 먼 데다 혼선이 되어 필요 이상으로 큰 소리로 말해야만 했고, 그 때문에 서로의 말에서 미묘한 뉘앙스가 상실되었다. 비바람이 몰아치는 언덕 위에서 코트 깃을 세우면서 이야기하는 듯한 형편이었다.

"사실은 저에게 보낸 편지지만, 어쩐지 그쪽한테 보낸 것이 아닌가 하는 느낌이 들었습니다."

"그런 느낌이 들었다고?"

"그렇습니다"라고 나는 말했다. 말해버리고 나니 내가 너무나 우스꽝스러운 짓을 하고 있는 것 같다는 느낌이 들었다.

잠시 그녀는 침묵을 지켰다. 그 사이에 혼선이 사라졌다.

"당신과 쥐 사이에 어떤 사연이 있는지 저는 모릅니다. 하지만 쥐에게서 당신을 만나달라는 부탁을 받았기에 전화를 한 겁니다. 당신이 편지를 읽어보는 게 좋을 거라는 생각이 들어서요."

"그것 때문에 일부러 도쿄에서 여기까지 온 거야?"

"그런 셈이지요."

그녀는 기침을 하고 나서 미안하다고 말했다.

"친구라서?"

"그렇다고 생각합니다."

"어째서 나에게 직접 쓰지 않은 걸까?"

아닌 게 아니라 그녀의 말이 맞았다.

"모르지요"라고 나는 솔직하게 말했다.

"나도 모르겠네. 이제는 모두 다 끝나버린 게 아닐까? 혹은 아직 끝나지 않은 걸까?"

나도 그것은 알 수 없었다. 나는 모르겠다고 대답했다. 나는 호텔의 침대에 벌렁 누워서 수화기를 든 채 천장을 바라보았다. 바다 밑바닥에 드러누워서 물고기의 그림자를 세고 있는 듯한 느낌이었다. 도대체 몇 마리까지 세어야 다 세는 건지 짐작도 할 수 없었다.

"그 사람이 사라져버린 건 5년 전, 그때 난 스물일곱 살이었어." 아주 온화한 목소리였지만, 마치 우물 속에서 울려 퍼지는 것처럼 들렸다. "5년이나 지나면 모든 일들은 완전히 변해버리게 마련이지."

"그렇죠"라고 나는 말했다.

"사실 아무것도 변하지 않았다 하더라도 그렇게 생각할 수는 없어. 그렇게 생각하고 싶지 않은 거겠지. 그렇게 생각해버리면, 이미 아무 데도 갈 수가 없어. 그래서 나는 완전히 변해버렸다고 생각하기로 했어."

"이해할 수 있을 것 같습니다"라고 나는 말했다.

우리는 그대로 잠시 입을 다물고 있었다. 그러고 나서 그녀쪽에서 먼저 입을 열었다.

"마지막으로 그를 만난 게 언제지?"

"5년 전 봄, 그가 자취를 감추기 얼마 전이에요."

"그가 떠나기 전에 당신한테 무슨 말을 했어? 그러니까 떠나는 이유라든가……."

"아뇨"라고 나는 말했다.

"말없이 사라져버린 거구나?"

"그런 셈이지요."

"그때, 기분이 어땠지?"

"말없이 사라져버렸을 때 말입니까?"

"그래."

나는 침대에서 일어나 벽에 기댔다. "글쎄요. 아마 반년쯤이면 싫증이 나서 돌아오려니 생각했지요. 무슨 일을 오래 계속하는 타입이라고는 생각하지 않았으니까요."

"그런데 돌아오지 않았다 이거군."

"그렇지요."

그녀는 전화 저편에서 한동안 망설였다. 귓전에서 그녀의 조용한 숨결이 이어졌다.

"지금 어디에 묵고 있지?"라고 그녀가 물었다.

"○○호텔입니다."

"내일 5시에 호텔의 커피하우스로 갈게. 8층 말이야. 그래도 될까?"

"알겠습니다"라고 나는 말했다. "저는 흰 스포츠셔츠에 초록색 면바지를 입고 있을 겁니다. 머리는 짧고……."

"짐작이 가니까 됐어" 하고 그녀는 조용하고 침착한 말투로 내 말을 가로막았다. 그리고 전화를 끊었다.

나는 수화기를 내려놓고 나서 짐작이 간다는 것이 대체 무슨 뜻인지 생각해보았다. 알 수 없었다. 내게는 알 수 없는 일이 무수히 많다. 나이를 먹는다고 해서 반드시 현명해지는 건 아닌가 보다. "성격은 조금씩 변하지만 평범함이라는 것은 영원히 변하지 않는다"라고 어떤 러시아 작가가 쓴 말이 생각났다. 러시아인은 가끔 아주 재치 있는 말을 한다. 겨울 동안에 생각하는 걸지도 모른다.

나는 샤워를 하며 비에 젖은 머리를 감고 나서 수건을 허리에 두른 채 잠수함에서 일어나는 사건을 다룬 오래된 미국 영화를 텔레비전으로 보았다. 함장과 부함장이 으르렁거리고 있는 데다가 잠수함은 너무 낡았고, 누군가는 폐소공포증에까지 걸렸다는 참담한 줄거리였지만, 결국에는 모든 일이 잘되었다. 이렇게 마지막에 모든 일이 잘되는 것이라면 전쟁도 그다지 나쁘지는 않을 듯싶은 느낌의 영화였다. 이러다가는 핵전쟁으로 인류는 멸망했지만 결국에는 모든 일이 잘되었다는 내용의 영화가 만들어질지도 모른다.

나는 텔레비전 스위치를 끄고 잠자리에 든 지 10초 만에 잠이 들었다.

*

가랑비는 이튿날 5시가 되어도 그치지 않았다. 네댓새 동안 활짝 갠 초여름 날씨가 계속되어 이제는 장마가 끝났나 보다고 생각하던 참에 내린 비였다. 8층 창에서 내려다보니 땅바닥의 구석구석까지 검게 젖어 있었다. 고가高架로 된 고속도로에는 서쪽에서 동쪽으로 향하는 차가 몇 킬로미터나 밀려 있었다. 물끄러미 바라보고 있자니, 그것들은 빗속에서 조금씩 용해되고 있는 것처럼 보였다. 실제로 거리의 모든 것이 용해되고 있었다. 항구의 제방이 용해되고, 크레인과 늘어선 빌딩이 용해되고, 검은 우산 아래에서 사람들이 용해되어 갔다. 산의 녹음도 용해되면서 소리 없이 기슭으로 퍼져갔다. 그러나 몇 초 동안 눈을 감았다가 다시 떴을 때, 거리는 다시 원래대로 되돌아와 있었다. 여섯 대의 크레인은 비 내리는 하늘을 향해 치솟아 있고, 차량 행렬은 생각난 듯이 가끔 동쪽으로 흐르며, 우산의 무리는 보도를 가로지르고 있고, 산의 녹음은 만족스러운 듯이 6월의 비를 듬뿍 빨아들이고 있었다.

넓은 라운지 중앙의 한 단 낮게 설치된 곳에 바다색으로 칠해진 그랜드피아노가 놓여 있다. 화사한 핑크빛 원피스를 입은 여자가 아르페지오와 싱커페이션으로 가득한, 호텔 커피 라운지에 어울릴 만한 전형적인 곡을 연주하고 있었다. 나쁘지 않은 연주였지만, 곡의 마지막 한 음이 공중으로 빨려 들어가 버리자 뒤에는 아무것도 남지 않았다.

5시가 지났는데도 그녀가 나타나지 않자 나는 하릴없이 두 잔째 커피를 마시면서, 피아노를 치고 있는 여자를 멍하니 바라보고 있었다. 그녀는 스무 살 안팎으로 보였는데, 어깨까지 내려온 풍성한 머리카락은 케이크에 얹은 휘핑크림처럼 단정하게 세팅되어 있었다. 머리는 리듬에 맞춰서 기분 좋게 좌우로 흔들렸고, 곡이 끝나면 다시 가운데로 되돌아왔다. 그리고 다음 곡이 시작되었다.

그녀의 모습은 내가 옛날에 알던 한 여자애를 생각나게 했다. 내가 초등학교 3학년 때 피아노를 배우던 시절의 이야기다. 나와 그녀는 나이도 피아노 수준도 엇비슷했으므로 몇 번인가 함께 연주한 적이 있었다. 그녀의 이름도 얼굴도 이제는 완전히 잊어버렸다. 내가 그녀에 대해서 기억하고 있는 것이라면, 가늘고 흰 손가락과 예쁜 머리와 나풀거리던 원피스뿐이다. 그 이외에는 아무것도 생각나지 않는다.

그런 생각을 하니 왠지 이상한 느낌이 들었다. 내가 그녀의 손가락과 머리와 원피스를 따로 떼어내어버려, 그 나머지만이 지금도 어딘가에서 계속 살아가고 있는 것은 아닐까 하는 생각이 들었다. 그러나 물론 그런 일은 없다. 세계는 나와는 관계없이 계속 움직이고 있다. 사람들은 나와는 관계없이 길을 건너고, 연필을 깎고, 서쪽에서 동쪽을 향해서 1분에 50미터 나아가는 속도로 이동하고, 갈고닦은 제로의 음악을 커피

라운지에 흩뿌리고 있는 것이다.

세계—이 말은 언제나 내게 코끼리와 거북이가 필사적으로 떠받치고 있는 거대한 원반을 생각나게 했다. 코끼리는 거북이의 역할을 이해하지 못하고, 거북이는 코끼리의 역할을 이해하지 못한다. 그래서 그 어느 쪽도 세계라는 것을 이해하지 못하고 있는 것이다.

"늦어서 미안해." 내 뒤에서 여자의 목소리가 들렸다. "일이 늦어져서, 도저히 빠져나올 수가 없었어."

"괜찮습니다. 어차피 오늘은 하루 종일 할 일이 없었으니까요."

그녀는 테이블 위에 우산꽂이의 열쇠를 내려놓은 다음 메뉴를 보지도 않고 오렌지주스를 주문했다.

그녀의 나이를 한눈에 알 수는 없었다. 만약에 전화로 나이를 듣지 않았다면, 아마 영원히 알 수 없었을 것이다.

그러나 그녀가 서른셋이라고 한다면 그녀는 서른셋이고, 그렇게 생각하면 확실히 서른셋으로 보였다. 만약에 그녀가 스물일곱이라고 했다면 그녀는 스물일곱으로 보였을 것이 틀림없다.

그녀의 옷 입는 취향은 산뜻해서 호감이 갔다. 헐렁한 흰 면바지에 오렌지색과 노란색이 들어간 체크무늬 셔츠의 소매를 팔꿈치까지 걷고, 가죽 숄더백을 어깨에 메고 있었다. 모두 새것은 아니었지만, 잘 손질되어 있었다. 반지도 목걸이도 팔찌도 귀고리도 아무것도 없다. 짧은 앞머리를 자연스럽게 옆으로 넘기고 있었다.

눈가의 작은 주름은 나이 탓이라기보다는 태어날 때부터 거기에 있었던 것처럼 보인다. 단추를 두 개 끄른 셔츠의 깃 사이로 엿보이는 가늘고 흰 목덜미와 테이블에 올려놓은 손등만이 미묘하게 그녀의 나이를 암시하고 있었다. 작은, 정말로 작은 데서부터 사람은 나이를 먹어간다. 그리고 지울 수 없는 얼룩처럼, 그것은 조금씩 온몸을 뒤덮어간다.

"일이라면, 무슨 일을 하십니까?"라고 나는 물어보았다.

"설계 사무소야. 벌써 꽤 오래됐어."

이야기는 더 이상 이어지지 않았다. 나는 담배를 천천히 꺼낸 다음 천천히 불을 붙였다. 여자가 피아노 뚜껑을 덮고 일어나더니 쉬기 위해서인지 어디론가 나갔다. 나는 아주 조금 그녀가 부러웠다.

"언제부터 그와 친구인 거야?"라고 그녀가 물었다.

"벌써 11년이 되는군요. 당신은?"

"두 달하고 열흘"이라고 그녀는 금방 대답했다. "그를 처음 만났을 때부터 사라질 때까지. 두 달 열흘. 일기를 쓰고 있어서 기억해."

오렌지주스가 나오고 나의 빈 커피 잔이 치워졌다.

"그 사람이 사라지고 나서 세 달 동안 기다렸어. 12월, 1월,
2월. 제일 추울 때지. 그해 겨울은 추웠지?"

"생각이 안 나는데요"라고 나는 말했다. 그녀가 이야기하니
5년 전 겨울의 추위가 어제의 날씨처럼 들렸다.

"당신은 그런 식으로 여자를 기다린 적 있어?"

"아니요"라고 나는 말했다.

"어떤 한정된 시간에 기다리는 일에만 집중하면, 이제 나머
지 일은 아무래도 상관없게 되고 말아. 그것이 5년이든 10년
이든 한 달이든 마찬가지지."

나는 수긍했다.

그녀는 오렌지주스를 반쯤 마셨다.

"처음에 결혼했을 때도 그랬어. 나는 언제나 기다리는 쪽이
었고, 기다리다 지쳐서 결국엔 아무래도 상관없다는 식으로
되고 말았지. 스물한 살에 결혼하고 스물둘에 이혼하고는 이
곳으로 왔어."

"제 아내와 같군요."

"뭐가?"

"제 아내도 스물하나에 결혼해서, 스물둘에 이혼했거든요."

그녀는 잠깐 내 얼굴을 바라보았다. 그리고 빨대로 오렌지주스를 빙빙 저었다. 나는 쓸데없는 말을 해버린 것 같은 느낌이 들었다.

"젊었을 때 결혼해서 바로 이혼하는 건 생각보다 견디기 어려운 일이지"라고 그녀는 말했다. "간단히 말하자면 아주 평면적이고 비현실적인 것을 찾게 되는 거야. 하지만 비현실적인 것이란 그리 오래가진 않지. 그렇지 않을까?"

"그럴지도 모르겠군요."

"이혼하고 나서 그를 만나기까지의 5년간, 나는 이 거리에서 외톨이로, 음, 비교적 비현실적으로 지냈어. 아는 사람도 거의 없고, 별로 밖에 나가고 싶지도 않고, 애인도 없고, 아침에 일어나 회사에 나가서 도면을 그리고, 돌아오는 길에 슈퍼마켓에 들러서 장을 보고, 집에서 혼자 식사를 하는 거야. FM 방송을 틀어둔 채 책을 읽고, 일기를 쓰고, 욕실에서 스타킹을 빨지. 아파트가 바닷가 근처에 있어서 언제나 파도 소리가 들려. 아주 단조롭고 쓸쓸한 생활이야."

그녀는 오렌지주스를 마저 마셨다.

"시시한 이야기를 하고 있는 것 같네."

나는 말없이 고개를 저었다.

6시가 지나자 라운지는 칵테일 아워hour로 바뀌어 천장의 조명이 어두워졌다. 거리에는 불이 켜지기 시작했다. 크레인 끝에도 빨간 등이 켜졌다. 가느다란 바늘 같은 비가 어스레한 어둠을 뚫고 계속 내리고 있었다.

"술이라도 마시겠어요?"라고 나는 물어보았다.

"보드카에 그레이프프루트를 탄 것을 뭐라고 하지?"

"솔티 도그."

나는 웨이터를 불러서 솔티 도그와 커티 삭의 온더록스를 주문했다.

"어디까지 이야기했지?"

"단조롭고 쓸쓸한 생활까지 얘기했습니다."

"하지만 사실을 말하면, 그렇게 쓸쓸하기만 했던 것도 아니었어"라고 그녀가 말했다. "다만 파도 소리만은, 약간 쓸쓸했어. 아파트에 입주할 때 관리인은 곧 익숙해질 거라고 했지만, 그렇지도 않았지."

"이제 바다는 없지 않습니까?"

그녀가 따스한 미소를 짓자 눈가의 주름이 약간 움직였다. "그래. 그 말은 맞아. 이제 바다는 없지. 하지만 지금도 가끔 파도 소리가 들리는 것 같아. 아마 오랫동안 귀에 깊이 새겨졌기 때문일 거야."

"그리고 거기에 쥐가 나타난 거로군요?"

"그래. 하지만 나는 그렇게 부르지 않았어."

"뭐라고 불렀나요?"

"이름을 불렀지. 누구나 그러는거 아니야?"

그러고 보니 그 말이 맞다. '쥐'라는 것은 별명치고도 너무 유치하다. "글쎄요"라고 나는 말했다.

마실 것이 나왔다. 그녀는 솔티 도그를 한 모금 마시고 나서 입술에 묻은 소금을 종이 냅킨으로 닦았다. 종이 냅킨에는 립스틱이 약간 묻어났다. 립스틱이 묻은 종이 냅킨을 그녀는 두 손가락으로 솜씨 좋게 접었다.

"그는 뭐랄까…… 상당히 비현실적이었어. 무슨 뜻인지 알겠지?"

"알 것 같습니다."

"내 비현실성을 깨기 위해서, 그 사람의 비현실성이 필요하겠다고 생각했어. 처음 만났을 때 말이야. 그래서 좋아하게 되었지. 아니면 좋아하게 되고 난 후에 그렇게 생각했는지도 모르고. 어차피 마찬가지지만."

휴식 시간이 끝났는지 여자가 돌아와서 오래된 영화 음악을 치기 시작했다. 잘못된 장면을 위한 잘못된 배경음악처럼 들렸다.

"가끔 이런 생각을 해. 결과적으로 나는 그 사람을 이용한 게 아닌가 하는 생각 말이야. 그리고 그는 그것을 처음부터 줄곧 눈치채고 있었던 것 같아. 그렇게 생각하지 않아?"

"모르겠는데요"라고 나는 대답했다. "그건 당신과 그와의 사이에서 일어난 문제니까요."

그녀는 아무 말도 하지 않았다.

20초 정도 침묵이 흐른 후에 나는 그녀의 이야기가 이미 끝났다는 사실을 알아차렸다. 나는 마지막으로 위스키를 한 모금 마시고 나서, 주머니 속에 들어 있던 쥐의 편지를 꺼내 테이블 한가운데에 놓았다. 두 통의 편지는 한참 그대로 테이블 위에 놓여 있었다.

"여기서 읽어야만 할까?"

"집에 가지고 가서 읽으세요. 읽고 싶지 않으면 버리시고요."

그녀는 고개를 끄덕이며 백에 편지를 넣었다. 딱 하는 백의 쇠 장식물의 기분 좋은 소리가 났다. 나는 두 개비째 담배에 불을 붙이고, 두 잔째 위스키를 주문했다. 나는 두 잔째 위스키를 제일 좋아한다. 첫 잔의 위스키로 한숨 돌린 기분이 되고, 두 잔째의 위스키로 머리가 정상이 된다. 석 잔째부터는 맛 따위는 없다. 그저 위 속에 들이부을 뿐이다.

"이 일 때문에 도쿄에서 일부러 온 거야?"라고 그녀가 물었다.

"그렇다고 할 수 있습니다."

"친절하네."

"그렇다고 생각해본 적은 없습니다. 습관적이지요. 만약에 입장이 바뀌었더라면 그도 똑같이 했을 겁니다."

"그 사람이 그렇게 해준 적이 있어?"

나는 고개를 저었다. "하지만 우리는 오랫동안 계속 서로에게 비현실적인 폐를 끼쳐왔거든요. 그것을 현실적으로 처리하느냐 마느냐는 또 별개의 문제고요."

"그런 식으로 생각하는 사람은 없지 않을까?"

"그럴지도 모르겠군요."

그녀는 생긋 웃으며 일어서서 계산서를 집어 들었다. "계산은 내가 하게 해줘. 40분이나 늦기도 했고."

"그 편이 좋으시다면 그렇게 하세요"라고 나는 말했다. "그런데 한 가지 물어봐도 될까요?"

"그럼, 말해봐."

"당신은 전화로 내 외모가 짐작이 간다고 하셨지요?"

"응, 나는 분위기라는 뜻으로 말한 거야."

"그래서, 바로 알아보셨나요?"

"바로 알아봤지"라고 그녀는 대답했다.

비는 여전히 똑같은 세기로 내리고 있었다. 호텔 창을 통해서 옆 건물의 네온사인이 보였다. 그 인공적인 초록빛 속을 뚫고 무수한 빗줄기가 쏟아졌다. 창가에 서서 아래를 내려다 보니 빗줄기는 땅바닥의 한 점을 향해서 쏟아지고 있는 것처럼 보였다.

나는 침대에 드러누워서 담배를 두 개비 피운 다음, 프런트에 전화를 걸어 다음 날 아침 열차를 예약해달라고 부탁했다. 이 거리에서 내가 할 일은 이제 아무것도 남아 있지 않았다.

비만이 깊은 밤까지 계속해서 내리고 있었다.

제6장_ 양을 쫓는 모험 Ⅱ

기묘한 남자의 기묘한 이야기 1

검은 옷을 입은 비서는 의자에 앉더니 아무 말 없이 나를 바라보았다. 자세히 관찰하는 시선도, 구석구석까지 훑어보는 것 같은 시선도, 몸을 꿰뚫어보는 듯한 예리한 시선도 아니었다. 차갑지도 않고 따뜻하지도 않고, 그 중간조차도 아니었다. 그 시선에는 내가 아는 어떤 종류의 감정도 담겨 있지 않았다. 남자는 오직 나를 바라보고 있을 뿐이었다. 내 뒤의 벽을 바라보고 있는 건지도 모르지만, 그 벽 앞에 내가 있었으니 결국 남자는 나를 바라보고 있었던 셈이다.

남자는 테이블 위의 담배 케이스를 집어 뚜껑을 열고 담배 한 개비를 꺼내, 끝을 손톱으로 몇 번 튀겨서 손질하고 라이터로 불을 붙인 다음 연기를 비스듬히 앞쪽으로 뿜어냈다. 그리고 라이터를 테이블에 올려놓고 다리를 꼬았다. 그러는 동안 시선은 고정되어 있었다.

　남자는 내 친구가 설명해준 대로였다. 옷차림은 지나치게 단정하고, 얼굴은 지나치게 반듯하고, 손가락 또한 길고 가늘었다. 날카로운 모양으로 쑥 들어간 눈꺼풀과 유리 세공품처럼 차가운 느낌의 눈동자가 없었다면, 필시 완벽한 동성애자로 보였을 것이다. 그러나 남자는 그 눈 때문에 동성애자로도 보이지 않았다. 도무지 무엇으로도 보이지 않았다. 누구도 닮지 않았으며, 아무것도 연상시키지 않았다.

　눈동자는 자세히 보니 이상한 색깔을 띠고 있었다. 갈색을 띤 검정에 아주 조금 파란색이 섞여 있고, 오른쪽과 왼쪽이 그 정도가 달랐다. 마치 오른쪽과 왼쪽이 각각 다른 생각을 하고 있는 듯한 눈동자였다. 무릎 위에서 손가락이 희미하게 계속 움직이는 것이 보였다. 나는 당장에라도 열 손가락이 그의 손을 떠나서 이쪽으로 다가올 것만 같은 환각에 사로잡혔다. 기묘한 손가락이었다. 그 기묘한 손가락이 천천히 테이블 위로 올라와 3분의 1가량이 줄어든 담배를 비벼 껐다. 잔 속에서 얼음이 녹아, 포도주스에 투명한 물이 섞여가는 것이 보였다. 섞이는 것이 균일하지는 않았다.

　방은 영문 모를 일종의 침묵에 뒤덮여 있었다. 넓은 저택에 들어가면 가끔 이와 비슷한 침묵을 접하는 경우가 있다. 넓이에 비해서 거기에 포함되어 있는 사람의 수가 너무 적은 데서 생겨나는 침묵이다. 그런데 그 방을 지배하고 있는 침묵은 그것과는 또 달랐다. 침묵은 묘하게 무겁고, 왠지 강요하는 듯한 느낌이었다.

나는 옛날에 그 같은 침묵을 어딘가에서 경험한 기억이 있다. 그러나 어떤 침묵이었는지를 생각해내기까지는 시간이 좀 걸렸다. 나는 낡은 앨범을 넘기듯이 기억을 더듬어 그것을 생각해냈다. 불치의 환자를 둘러싼 침묵이었다. 피할 수 없는 죽음에 대한 예감을 잉태한 침묵이다. 공기는 먼지투성이였고 뭔가 의미 있는 것 같았다.

"모두가 죽지"라고 남자는 나를 응시하면서 조용히 말했다. 마치 내 마음의 움직임을 완전히 파악하고 있는 듯한 말투였다. "누구나 언젠가는 죽는 거야."

그 말만 하고 나서, 남자는 다시 무거운 침묵 속으로 빠져들었다. 그러나 매미는 계속 울어대고 있었다. 그들은 끝나가고 있는 계절을 다시 불러들이기 위해서 필사적으로 날개를 비벼대고 있었다.

"나는 당신과 가능한 한 정직하게 이야기하려고 해"라고 남자는 말했다. 어딘지 모르게 공문서를 직역한 것 같은 말투였다. 어구의 선택과 문법은 정확했지만, 말에 감정이 결여되어 있었다.

"그러나 정직하게 이야기하는 것과 진실을 이야기하는 것은 별개의 문제지. 정직과 진실의 관계는 선두船頭와 선미船尾의 관계와 비슷해. 먼저 정직함이 나타나고, 마지막에 진실이 나타나는 거야. 그 시간적인 차이는 배의 규모에 정비례하지. 거대한 사물의 진실은 드러나기 어려운 법이야. 우리가 생애를 마친 다음에야 겨우 나타나는 것도 있지. 그러니까 만약에 내가 당신에게 진실을 드러내지 않았다고 하더라도, 그것은 내 책임도 당신의 책임도 아니야."

대답할 것도 없기에 나는 가만히 있었다. 남자는 침묵을 확인하고 나서 말을 이었다.

"당신을 군이 여기까지 오게 한 이유는, 그 배를 앞으로 나아가게 하기 위해서야. 나와 당신이 앞으로 나아가게 하는 거지. 우리는 서로 정직하게 이야기를 나누고 진실에 한 걸음이라도 다가가는 거야." 남자는 거기서 헛기침을 하고 소파의 팔걸이에 올려놓은 자기 손을 흘끗 보았다. "그러나 이런 표현은 너무 추상적이겠지. 그러니까 현실적인 문제부터 시작하지. 당신이 만든 PR지 말인데, 그 얘긴 이미 들었을 테지?"

"들었습니다."

남자는 고개를 끄덕였다. 그리고 조금 사이를 두고서 말문을 열었다.

"그 얘길 듣고 아마 당신도 놀랐을 거야. 누구든지 자신이 애써서 만들어낸 것이 파기되면 유쾌할 리 없지. 그것이 생활 수단의 일환이라면 더더욱 그렇고. 현실적인 손실도 클 테고. 안 그런가?"

"그렇습니다"라고 나는 말했다.

"그 현실적인 손실에 대해 당신의 설명을 듣고 싶은데."

"우리가 하고 있는 일에는 항상 현실적인 손실이 따르고, 광고주의 기분에 따라 애써 만든 것이 퇴짜를 맞는 경우도 있습니다. 하지만 그런 일은 우리 같은 작은 규모의 회사에게는 치명적이지요. 그렇기 때문에 치명적인 손실을 피하기 위해서 광고주의 의향에 100퍼센트 따릅니다. 극단적으로 말하면, 잡지면 잡지 한 줄 한 줄을 광고주와 함께 체크해나가는 겁니다. 이런 식으로 우리는 위험을 피합니다. 즐거운 일은 아니지만, 우리는 재력이 부족한 한 마리 늑대니까요."

"누구나 그러면서 커나가는 거지"라고 남자는 위로했다. "에, 그건 그렇다 치고, 내가 당신의 잡지를 뭉개버려서 당신 회사는 상당한 재정상의 타격을 받았다는 걸로 당신 말을 해석해도 될까?"

"맞습니다. 이미 인쇄해서 제본까지 해버린 거니까, 용지비와 인쇄비를 한 달 이내에 지불해야만 합니다. 게다가 외주外注 기사의 원고료도 있지요. 금액으로는 500만 엔 정도지만, 난처한 것은 그것을 빚 갚는 데 쓰려고 계산하고 있었다는 겁니다. 우리는 1년 전에 과감하게 설비투자를 했거든요."

"알고 있어"라고 사나이는 말했다.

"그리고 앞으로의 광고주와의 계약 문제도 있습니다. 우리의 입장은 약하고 광고주는 한 번 말썽을 일으킨 광고 대리점은 피하는 경향이 있습니다. 우리는 생명보험 회사와 1년 동안 PR지 발행 계약을 맺고 있는데, 만약에 이번 일로 그 건이 파기되면, 우리 회사는 실질적으로 침몰하게 됩니다. 우리 회사는 작은 데다 연고가 없음에도 불구하고 좋은 평판 덕분에 알음알음으로 커온 회사이기 때문이지요. 일단 나쁜 말이 돌고 나면 그것으로 끝장입니다."

검은 옷의 사나이는 내가 말을 끝냈는데도 아무 말도 하지 않고 뚫어지게 내 얼굴을 쳐다보고 있었다. 그러고 나서 조금 후에 입을 열었다. "당신은 매우 솔직하게 이야기를 하는군. 게다가 말한 내용도 우리가 조사한 바와 일치하고 있어. 그 점은 높이 평가하지. 그래서 말이야, 만약에 내가 생명보험 회사에 무조건적으로 폐기분 잡지에 대해 비용을 지불하고 앞으로의 계약도 계속 진행하라고 충고한다면 어떻게 될까?"

"그렇게 되면 그다음은 아무 일도 없는 거겠죠. 왜 그렇게 되었을까 하는 사소한 의문을 남긴 채 따분한 일상생활로 되돌아갈 뿐이겠지요."

"게다가 프리미엄을 붙일 수도 있어. 내가 명함 뒤에 한마디 쓰기만 해도 당신 회사는 앞으로 10년 치 일거리를 맡을 수 있을 거야. 그것도 쩨쩨한 광고지 일거리가 아니고 말이지."

"요컨대 거래군요?"

"호의적인 교환이지. 나는 당신의 공동경영자에게 PR지 발행이 정지되었다는 정보를 호의로 제공했어. 그것에 대해 당신이 호의를 보여준다면, 나 또한 당신에게 호의를 보일 거야. 그렇게 생각해줄 수 없을까? 내 호의는 쓸모가 있을 거야. 당신도 언제까지나 머리 둔한 주정뱅이와 함께 일할 수 없는 거 아니겠어?"

"우리는 친굽니다"라고 나는 말했다.

밑바닥이 없는 우물에 돌을 던진 것과 같은 침묵이 한동안 이어졌다. 돌이 밑바닥에 닿을 때까지 30초가 걸렸다.

"뭐, 잘되겠지"라고 남자는 말했다. "그건 당신 문제고. 나는 당신의 경력에 대해 꽤 상세히 알아보았는데, 나름대로 상당히 재미있더군. 인간을 대충 두 가지로 나누면 현실적으로 평범한 그룹과 비현실적으로 평범한 그룹으로 나눌 수 있는데, 당신은 분명히 후자에 속하지. 이건 기억해두는 게 좋을걸. 당신이 걸어온 운명은 비현실적인 평범함이 걸어온 운명이기도 하니까."

"기억해두겠습니다"라고 나는 말했다.

남자는 고개를 끄덕였다. 나는 얼음이 녹아버린 포도주스를 반쯤 마셨다.

"그러면 구체적인 이야기를 하지"라고 남자는 말했다. "양에 관한 이야기를."

*

남자는 몸을 움직여 봉투에서 대형 흑백사진을 꺼내 내 쪽을 향해서 테이블 위에 올려놓았다. 방 안에 아주 약간 현실의 공기가 파고들어온 것 같은 느낌이 들었다.

"이것은 당신 잡지에 실린 양의 사진이야."

필름 원판을 쓰지 않고 잡지의 화보 페이지를 그대로 확대한 것치고는 놀랄 만큼 선명한 사진이었다. 아마도 특수한 기술을 쓴 모양이었다.

"내가 아는 한, 이 사진은 당신이 어딘가에서 손에 넣어 그 잡지에 사용했어. 틀림없지?"

"그렇습니다."

"우리가 조사한 바에 따르면, 그것은 지난 여섯 달 이내에 아마추어가 찍은 사진이야. 카메라는 싸구려 포켓 사이즈고. 찍은 사람은 당신이 아니지. 당신은 니콘 일안 리플렉스 카메라를 가지고 있고, 사진을 좀 더 잘 찍지. 지난 5년 동안은 홋카이도에 간 적이 없고, 그렇지?"

"글쎄요"라고 나는 말했다.

"흠" 하고 말하며 남자는 잠시 입을 다물었다. 침묵의 질을 확인하는 듯한 침묵이었다.

"좋아, 우리가 원하는 것은 세 가지 정보야. 당신이 어디서, 누구에게 이 사진을 받았는가, 그리고 도대체 무슨 속셈으로 이런 서투른 사진을 잡지에 썼는가 하는 것이지."

"말할 수 없습니다"라고 나는 스스로도 놀랄 만큼 단호하게 말했다. "저널리스트에게는 뉴스 소스의 비밀을 지킬 권리가 있습니다."

남자는 나를 뚫어지게 쳐다보면서 오른손 가운뎃손가락 끝으로 입술을 만지작거렸다. 그리고 몇 번인가 그 행동을 되풀이하고 나서 손을 무릎 위에 올려놓았다. 침묵은 그러고 나서도 한참 이어졌다. 어딘가에서 뻐꾸기라도 울어주면 얼마나 좋을까, 하고 나는 생각했다. 그러나 물론 뻐꾸기는 울어주지 않았다. 뻐꾸기는 저녁땐 울지 않는다.

"당신은 정말 묘한 친구로군" 하고 남자는 말했다. "내가 마음만 먹는다면, 당신 사무실을 문 닫게 만들 수도 있다는 사실을 잊었어? 그렇게 하면 당신은 더 이상 저널리스트라고도할 수 없게 되지. 하긴 지금 당신이 하고 있는 시시한 팸플릿이나 광고지 따위 일을 저널리즘이라고 가정할 때의 이야기지만 말이야."

나는 다시 한번 뻐꾸기에 대해서 생각해보았다. 왜 뻐꾸기는 저녁땐 울지 않는 걸까?

"그리고 당신 같은 사람의 입을 열게 하는 방법은 몇 가지있어."

"아마 그럴 테지요"라고 나는 말했다. "하지만 그러려면 시간이 걸릴 테고, 나는 그때까지는 입을 열지 않을 겁니다. 입을 연다 하더라도 전부 다 말하지는 않을 거예요. 당신에게어느 정도가 전부인지는 알 수 없지만요. 안 그렇습니까?"

모든 게 허세였지만, 코스는 제대로 들어맞고 있었다. 그것에 이은 침묵의 불확실성은, 내가 포인트를 땄다는 걸 증명해주고 있었다.

"당신과 이야기하는 건 재미있군" 하고 남자는 말했다. "당신의 비현실성은 어딘지 감상적인 데가 있는 것 같아. 어쨌든 좋아. 다른 이야기를 합시다."

남자는 주머니에서 확대경을 꺼내 테이블 위에 놓았다.

"그것으로 사진을 세밀하게 살펴봐."

나는 왼손에 사진을 들고, 오른손에는 확대경을 들고 천천히 사진을 바라보았다. 몇 마리는 이쪽을 향하고, 몇 마리는 다른 쪽을 보고, 또 몇 마리는 무심코 풀을 뜯어먹고 있었다. 분위기가 아직은 서먹서먹한 동창회의 스냅사진 같은 느낌이었다. 나는 한 마리씩 양을 점검하고, 풀이 우거진 모습을 살피고, 배경인 자작나무 숲을 바라보고, 그 뒤의 산줄기를 살피고, 하늘에 둥실 떠 있는 구름을 바라보았다. 이상한 데는 하나도 없었다. 나는 사진과 확대경에서 눈을 떼고 남자를 바라봤다.

"뭔가 색다른 데를 찾았나?"라고 남자가 물었다.

"아무것도"라고 나는 말했다.

남자는 별로 실망한 것 같지도 않았다.

"당신은 대학에서 생물학을 전공했지?"라고 남자가 물었다. "양에 대해서 어느 정도 알고 있지?"

"아무것도 모른다고 할 수 있습니다. 내가 공부한 내용은 거의 쓸모없는 전문적인 것이니까요."

"알고 있는 것만 말해보겠어?"

"우제류偶蹄類. 초식성, 군집성. 아마 메이지 초기에 일본에 수입되었을 겁니다. 털과 고기가 이용되고 있다, 뭐 그런 정도지요."

"맞아"라고 남자가 말했다. "다만 사소한 점을 정정한다면, 양이 일본에 수입된 것은 메이지 초기가 아니고 안세이* 때였지. 그러나 당신 말대로 그 이전에는 일본에 양이 존재하지 않았어. 헤이안 시대에 중국에서 도래했다는 설도 있지만, 그것이 사실이라 치더라도 그 후 양은 어딘가에서 멸종해버렸지. 그러니까 메이지까지, 대부분의 일본인은 양이라는 동물을 본 적도 없고 양에 대해 알 수도 없었다는 이야기가 되는 셈이지. 십이지十二支에도 들어 있는 비교적 대중적인 동물임에도 불구하고, 양이 어떤 동물인가 하는 것은 아무도 몰랐어. 다시 말해서 용이나 맥**과 마찬가지로 상상의 동물이었다고 할 수 있겠지. 사실 메이지 이전의 일본인에 의해서 그려진 양의 그림은 하나같이 엉터리야. H. G. 웰스***가 화성인에 관

---

*   일본 에도 시대 고메이孝明왕때의 연호(1854년~1860년)

**   중국 전설에서 인간의 악몽을 먹는다는 동물. 전체적인 모습은 곰, 코는 코끼리, 눈은 무소, 꼬리는 소, 발은 범과 비슷하다.

*** 공상과학 소설의 아버지로 추앙받는 영국 소설가로 《타임머신》, 《우주 전쟁》 등의 작품이 있다.

해 가지고 있던 지식과 비슷한 정도라고 할 수 있지.

그리고 오늘날에도 여전히 일본인은 양에 대한 지식을 별로 갖고 있지 않지. 요컨대, 역사적으로 양이라는 동물이 생활이라는 단계에서 일본인과 관련이 있었던 적은 한 번도 없었던 거야. 양은 국가적 수준에서 미국으로부터 일본에 수입되어 사육되었고, 그리고 버려졌어. 그게 양이야. 제2차 세계 대전 후 오스트레일리아 및 뉴질랜드와의 사이에서 양모와 양고기가 자유화됨으로써, 일본에서의 양 사육에 따르는 이익은 거의 제로가 된 셈이지. 불쌍한 동물이라 생각하지 않아? 말하자면 일본의 근대화 그 자체지.

그러나 물론 나는 당신에게 일본 근대의 공허성에 대해서 말하려는 것은 아니야. 내가 말하고 싶은 것은 메이지 이전의 일본에 양은 한 마리도 존재하지 않았을 거라는 것과, 그 이후에 수입된 양은 정부에 의해서 한 마리 한 마리 엄격하게 체크되고 있었다는 두 가지 사실이야. 이 두 가지가 의미하는 것이 무엇인지 알겠어?"

그것은 내게 묻는 말이었다. "일본에 존재하는 양의 종류가 전부 파악되고 있다는 말이군요."

"바로 그거지. 게다가 양은 경주마와 마찬가지로 우량종 교배가 제일 중요하니까, 일본에 있는 양의 대부분은 몇 대 이

전까지 간단히 거슬러 올라갈 수 있지. 다시 말해서, 철저하게 관리된 동물이란 말이야. 이종교배異種交配에 대해서도 모두 체크가 가능하지. 밀수입도 없고, 일부러 양을 밀수입하려는 괴짜도 없으니까. 종種으로 말하면, 사우스다운, 스패니시 메리노, 코츠월드, 중국양, 슈롭셔, 코리데일, 체비엇, 로마노프, 오스트프리시안, 보더레스터, 롬니마시, 링컨, 도오셋혼, 서포크, 대충 그 정도지. 그런데"라고 남자는 말했다. "다시 한번 사진을 잘 살펴봐."

나는 다시 한번 사진과 확대경을 손에 들었다.

"앞줄의 오른쪽에서부터 세 번째의 양을 자세히 봐."

나는 확대경을 앞줄 오른쪽에서 세 번째 양에 맞췄다. 그리고 옆의 양을 살펴보고, 다시 한번 오른쪽에서 세 번째 양을 살펴보았다.

"이번에는 뭔가 알아냈어?"라고 남자가 물었다.

"종류가 다르군요"라고 나는 말했다.

"맞아. 그 오른쪽에서 세 번째 양을 제외하면 나머지는 모두 평범한 서포크종이지. 그 한 마리만 달라. 서포크보다는 훨씬 땅딸하고, 털 빛깔도 달라. 얼굴도 검지 않고. 뭐랄까, 훨씬 힘찬 느낌이지. 나는 이 사진을 몇몇 면양 전문가에게 보여줬어. 그들이 내린 결론은 이런 양은 일본에는 존재하지 않는다는 것이었어. 그리고 어쩌면 세계에도 말이지. 그러니까 지금 당신은 존재하지 않는 양을 보고 있다는 말이 되는 셈이야."

나는 확대경을 들고, 다시 한번 오른쪽에서 세 번째 양을 관찰해보았다. 자세히 보니 등 한가운데에 커피를 흘린 것처럼 엷은 색깔의 얼룩이 있었다. 그것은 아주 희미하고 선명치 않아서 필름의 흠처럼도 보였고, 착시 때문인 것 같기도 했다. 아니면 실제로 누군가가 그 양의 등에 커피를 흘렸는지도 모를 일이었다.

"등에 희미한 얼룩이 보이는군요."

"얼룩이 아니야"라고 남자가 말했다. "별 모양의 반문斑紋이지. 이것과 비교해봐."

남자는 봉투에서 한 장의 복사된 종이를 꺼내 내게 직접 건네주었다. 그것은 양 그림의 카피였다. 진한 연필로 그렸는지 여백에 검은 손가락 자국이 묻어 있었다. 전체적으로는 서툴지만, 뭔가 호소하는 구석이 있는 그림이었다. 세밀한 부분이 비정상적일 정도로 꼼꼼하게 그려져 있었다. 나는 사진의 양과 그 그림 속의 양을 번갈아가며 비교해보았다. 분명히 똑같은 양이었다. 그림 속 양의 등에는 별 모양의 반문이 있었고, 그것은 사진의 양의 얼룩과 대응되고 있었다.

"그리고 이것" 하고 남자는 말하며, 바지 주머니에서 라이터를 꺼내 내게 건네주었다. 묵직한 느낌의 은제 특별 주문품으로 듀퐁 것인데, 거기에는 차 안에서 본 것과 똑같은 양의 문양이 새겨져 있었다. 양의 등에는 선명하게 별 모양의 반문이 새겨져 있었다.

　머리가 조금씩 아파오기 시작했다.

기묘한 남자의 기묘한 이야기 2

"나는 조금 전에 당신에게 평범함에 대해서 이야기했어"라고 남자가 말했다. "하지만 그것은 당신의 평범함을 비판하기 위한 것은 아니야. 간단히 말하면 세계 자체가 평범하니까 당신 역시 평범한 것이지. 그렇게 생각하지 않아?"

"모르겠는데요."

"세계는 평범하다. 이것은 틀림없는 사실이야. 그렇다면 세계는 처음부터 평범했는가? 그렇지 않아. 세계의 원초는 혼돈이고, 혼돈은 평범이 아니야. 평범해지기 시작한 것은 인류가 생활과 생산 수단을 분화시키고 나서부터지. 그리고 카를 마르크스는 프롤레타리아를 설정함으로써 그 평범함을 고정시켰어. 그래서 스탈린주의는 마르크시즘에 직결되는 거지.

마르크스를 긍정해. 그는 원초의 혼돈을 기억하고 있는 흔치 않은 천재 중의 한 사람이니까. 나는 똑같은 의미에서 도스토 옙스키도 긍정하고 있어. 그러나 나는 마르크시즘을 인정하지 않아. 그건 너무나 평범하거든."

남자는 목구멍 깊은 데에서 작은 소리를 냈다.

"나는 지금 아주 정직하게 말하고 있어. 그것은 당신이 조금 전에 정직하게 말해준 데 대한 내 나름대로의 보답이야. 그리고 이제부터 당신의 소박한 의문에 대해서 답변하기로 하지. 그러나 내가 그 말을 마쳤을 때 당신에게 남겨진 선택의 여지는 아주 좁게 한정될 테니 그것을 양해해주길 바라. 간단히 말해서, 당신이 도박에 거는 판돈을 올린 거야. 됐어?"

"할 수 없죠"라고 나는 말했다.

*

"현재 이 저택 안에서 한 노인이 죽어가고 있어"라고 남자는 말했다. "그 원인은 명백히 밝혀졌지. 뇌 속에 거대한 혈혹이 있어. 뇌의 모양이 일그러질 정도로 큰 혹이지. 당신은 뇌 의학에 대해서 어느 정도 알고 있어?"

"거의 아무것도 모릅니다."

"간단히 말해서 피의 폭탄이야. 혈액순환이 저해되어서 비정상적으로 부풀어 있지. 골프공을 삼킨 뱀처럼 말이야. 그것이 터지면 뇌의 기능은 정지하는데 수술할 수도 없어. 하찮은 자극에도 터져버리기 때문이지. 즉 현실적으로 표현하면, 그냥 죽음을 기다리고 있을 뿐이지. 앞으로 일주일 후에 죽을지도 모르고, 한 달 후가 될지도 모르는 일이야. 그것은 누구도 알 수 없어."

남자는 입술을 오므리고 천천히 숨을 내쉬었다.

"죽는 게 이상할 것은 없어. 노인이고, 병명도 분명하니까. 이상한 것은 어떻게 지금까지 살아올 수 있었느냐 하는 거야."

남자가 무엇을 말하려고 하는지 나는 도무지 알 수 없었다.

"사실은 32년 전에 죽었어도 하등 이상한 일이 아니었을 텐데" 하고 남자는 말을 이었다.

"아니면 42년 전에. 그 혈혹을 처음으로 발견한 사람은 A급 전범의 건강진단을 하던 한 미국 군의관인데, 그때가 1946년 가을이었지. 도쿄 재판*이 있기 얼마 전 말이야. 혈혹을 발견한 의사는 그 엑스선 사진을 보고 심한 쇼크를 받았어. 왜냐하면 뇌에 그처럼 거대한 혈혹이 있는데도 살아 있는—더구

---

* 제2차 세계대전 당시의 일본 주요 전범들을 처벌하기 위한 국제 재판.

나 정상인 이상으로 활동적으로 살고 있는—사람이 존재한다는 사실이 의학 상식을 초월했기 때문이지. 그래서 그분은 스가모 형무소에서 그 무렵 군병원이었던 세이로카 병원으로 이송되어 정밀진찰을 받게 되었어.

진찰은 1년간 계속되었는데, 결국엔 아무것도 알아내지 못했지. 언제 죽어도 이상할 것 없다는 사실과 살아 있다는 것 자체가 이상하다는 것 외에는 말이야. 그러나 그분은 그 후로도 아무런 지장 없이 정력적으로 살았지. 두뇌 활동도 극히 정상적이었어. 이유는 알 수 없었어. 어쩔 수 없는 상황이지. 이론적으로는 죽어야 할 사람이 살아서 돌아다니고 있으니까 말이야.

다만 몇 가지 세부적인 증세는 밝혀졌어. 40일 주기로 사흘 동안 심한 두통에 시달리는 거지. 본인의 말로는 이 두통이 처음 시작된 것은 1936년인데, 그때가 혈혹의 발생 시기로 추정돼. 두통이 너무 심해서, 그 기간에는 진통을 가라앉히는 약을 투여했는데 한마디로 말해서 마약이지. 마약은 확실히 고통을 완화시켜 주기는 했지만, 그 대신 기묘한 환각을 가져다 주었어. 고도로 응축된 환각이지. 그것이 어떤 것인지는 본인 밖에 모르지만, 어쨌든 그다지 기분 좋은 것이 아니었던 것만은 확실한 것 같아. 환각에 대한 상세한 기록은 미군 당국에

고스란히 남아 있어. 의사가 아주 상세하게 기록해놓았지. 나는 그것을 비합법적으로 입수해서 몇 번 읽어본 적이 있는데, 그것은 사무적인 문장으로 표현되어 있음에도 불구하고 실로 끔찍한 것이었어. 그런 환각을 실제로 그것도 정기적으로 체험하는 일을 견딜 수 있는 사람은 거의 없을 거야.

어째서 그런 환각이 생기는지도 알 수 없었어. 아마도 혈혹이 주기적으로 방사放射하는 에너지 같은 것이 있어서, 두통은 그에 대한 육체의 반응이 아닌가 하고 추측되었지. 그리고 그 반응의 벽이 제거되었을 때 에너지가 뇌의 어떤 부분을 직접 자극해서, 그 결과로 환각을 만들어내는 것이 아닌가 하고 말이야. 물론 이것은 단지 가설일 뿐이지만, 이 가설에는 미국의 군부도 흥미를 가졌어. 그래서 철저한 조사가 시작되었지. 정보기관에 의한 극비 조사 말이야. 그저 일개 개인의 혈혹 조사에 어째서 미국의 정보기관이 나서게 되었는지는 지금도 잘 이해가 안 가는 일이지만, 몇 가지 가능성은 생각해볼 수 있어.

우선 첫 번째 가능성은 의학 조사라는 명목 아래 미묘한 종류의 상황 청취가 아닌가 하는 것이지. 다시 말해서 중국 대륙에서의 첩보 루트와 아편 루트의 장악 말이야. 미국은 장제스의 장기적인 패퇴에 의해서 중국과의 줄을 잃어가고 있었거든. 선생님이 가지고 있던 루트를 애타게 원하고 있었어. 그런 심문을 공식적으로는 할 수 없으니까 말이야. 사실 선생님은 그런 일련의 조사 후에 재판에 회부되지 않고 석방되었어. 뒷거래가 있었다는 것은 충분히 상상할 수 있지. 이를테면 정보와 자유의 교환 같은 거지.

두 번째 가능성은 우익 지도자로서의 선생님의 색다른 행동과 혈혹과의 상관관계를 밝혀내는 일이야. 이것은 나중에 당신에게도 설명하겠지만 재미있는 착상이지. 그러나 결국은 그들도 아무것도 알아내지는 못했을 거야. 살아 있다는 것 자체를 이해할 수 없는 상황에서 어떻게 그런 것을 밝혀낼 수 있겠어? 물론 해부라도 하면 몰라도 그렇게 해보기 전에는 알 수 없는 일이라 어쩔 수 없는 상황이었지.

세 번째 가능성은 '세뇌'에 관한 거야. 뇌에 일정한 자극파를 보냄으로써 특정 반응을 유발시킬 수 있지 않을까 하는 착상이지. 그 당시에는 그런 일이 유행하고 있었거든. 사실 그때 미국에는 그런 세뇌에 대한 연구 그룹이 조직되어 있었다는 것이 밝혀졌어.

정보기관이 이 세 가지 가운데 어디에 주안점을 두고 조사했는지는 분명치 않아. 그리고 또 거기에서 어떠한 결론이 나왔는지도 분명하지 않고. 모든 것은 역사 속에 묻혔어. 사실을 알고 있는 사람은 당시 미군 상층부의 극소수와 선생님뿐이지. 선생님은 그것에 대해서는 이제까지 나를 포함해서 누구에게도 말한 적이 없고 아마 앞으로도 그럴 거야. 그러니까 지금 내가 당신에게 이야기하고 있는 것은 그저 추측에 지나지 않아."

남자는 여기까지 이야기를 하고 나서 조용히 헛기침을 했다. 방으로 들어온 후 시간이 얼마나 지났는지, 나는 도무지 알 수 없었다.

"그런데 혈혹의 발생 시기, 즉 1936년 당시의 상황에 대해서는 좀 더 자세한 것이 밝혀져 있어. 1932년 겨울에 선생님은 요인 암살 계획에 연루되어서 형무소에 들어가셨지. 그 옥살이는 1936년 6월까지 계속되었어. 형무소의 공식 기록과 의무醫務 기록도 남아 있고, 또 기회 있을 때마다 우리에게 말씀하셨지. 그걸 요약해보면 대충 이런 이야기요. 선생님은 형무소에 들어가시고 얼마 안 돼서 심한 불면증에 시달리셨다고 해. 그것도 보통 불면증이 아니고 아주 위험할 정도의 불면증이었지. 사나흘 때로는 일주일 가까이 한잠도 못 주무신 적도 있었던 거야. 당시의 경찰은 정치범을 재우지 않으면서 자백을 강요했거든. 특히 선생님의 경우는 황도파皇道派와 통제파의 투쟁에 얽혀 있었던 만큼 심문도 가혹했지. 상대방이 잠을 자려고 하면 물을 퍼붓고 죽도竹刀로 때리고, 강한 불빛을 내리

죄는 거지. 그런 식으로 해서 죄수를 재우지 않는 거야. 그런 일이 여러 달 계속되면 대개의 사람은 망가져버리지. 수면 신경이 파괴되어 버리는 거야. 결국 죽거나 미쳐버리거나 극심한 불면증에 시달리거나 하는 거지. 선생님은 그 마지막 길에서 헤매고 계셨던 거야. 그런데 1936년 봄에 불면증에서 완전히 회복되셨어. 즉 혈혹이 발생한 시기와 같은 시기지. 그것에 대해서 어떻게 생각하나?"

"극단적인 불면증이 어떤 이유로 뇌의 혈액순환을 저해해서 혈혹이 생겼다, 그런 말씀인가요?"

"그것이 가장 상식적인 가설이야. 전문가가 아닌 사람도 생각해낼 수 있을 정도니까 미군 의료진도 생각해냈겠지. 그러나 그것만으로는 충분하지 않아. 거기에는 어떤 하나의 중요한 요인이 빠져 있다고 나는 생각해. 혈혹 현상은 그 요인의 종속물이 아니었을까 싶어. 왜냐하면 혈혹을 가진 사람은 여럿 있지만, 그와 같은 증상은 없었으니까 말이야. 게다가 그것만으로는 선생님이 생존해 계시는 이유를 설명할 수 없거든."

남자가 한 말은 확실히 조리에 맞는 말이었다.

"또 한 가지, 혈혹에 관한 기묘한 사실이 있어. 즉 선생님은 1936년 봄을 경계로 해서 말하자면 딴사람으로 거듭나셨어. 그때까지의 선생님은 한마디로 말해서 평범한 우익 행동가

였지. 홋카이도의 빈농에서 삼남으로 태어나 열두 살 때 집을 나와 조선으로 건너갔는데, 일이 잘 풀리지 않아 본국으로 돌아와서 우익 단체에 들어가셨어. 혈기만은 왕성해서 언제나 일본도日本刀를 휘두르는 그런 타입이었지. 아마 글자도 제대로 못 읽으셨을 거야. 그런데 1936년 봄 형무소에서 나오시자마자 선생님은 모든 면에서 우익의 지도자로 뛰어오르셨어. 인심을 장악하는 카리스마, 면밀한 논리성, 열광적인 반응을 불러일으키는 연설 능력, 정치적인 예지 능력, 결단력 그리고 무엇보다도 대중이 지니는 약점을 지렛대 삼아 사회를 움직여갈 수 있는 능력을 지니고 계셨지."

남자는 한숨 돌리고 가볍게 헛기침을 했다.

"물론 우익 사상가로서 선생님의 이론과 세계에 대한 인식은 유치한 것이었지. 하지만 그런 것은 대수로운 일이 아니야. 문제는 그것을 어디까지 조직화할 수 있느냐 하는 거지. 마치 히틀러가 생활권과 우성 민족이라는 유치한 사상을 국가적으로 조직화했듯이 말이야. 그러나 선생님은 그런 길을 걷지 않으셨어. 선생님께서 걸었던 길은 뒷길, 즉 그림자의 길이었어. 표면에는 나서지 않고 뒤에서 사회를 움직이는 존재지. 그러기 위해서 선생님은 1937년에 중국 대륙으로 건너가셨어. 어쨌든 그건 그렇다 치고 혈혹에 대한 이야기로 돌아가지. 내가 말하고 싶은 것은, 혈혹이 생긴 시기와 선생님이 기적적인 자기 변혁을 이룩한 시기가 딱 일치하고 있다는 사실이야."

"말씀하시는 가설에 따르면" 하고 나는 말했다. "혈혹과 자기 변혁 사이에 인과관계는 없고 위치적으로는 평행이며, 그 위에 수수께끼 같은 요인이 있다는 거군요."

"당신은 아주 이해가 빠르군" 하고 남자가 말했다. "명확하고도 간결해."

"그런데 양은 어디에 얽히는 거지요?"

남자는 담배 케이스에서 두 개비째의 담배를 꺼내어, 손톱 끝으로 손질하고 나서 입술에 물었다. 그리고 불은 붙이지 않았다. "차근차근 이야기하지"라고 남자가 말했다.

짓누르는 듯한 침묵이 한동안 이어졌다.

"우리는 왕국을 구축했지"라고 남자는 말했다. "강대한 지하의 왕국 말이야. 우리는 모든 것을 장악하고 있어. 정계, 재계, 매스컴, 관료조직, 문화, 그 밖에 당신은 상상도 하지 못할 것까지 장악하고 있지. 우리를 적대시하는 것까지 장악하고 있거든. 권력에서부터 반권력에 이르는 모든 것을. 그것들의 대부분은 장악되고 있다는 사실조차 인식하지 못하고 있어. 요컨대 매우 궤변적인 조직이지. 그리고 선생님은 이 조직을 전후戰後에 혼자서 쌓아 올리신 거야. 다시 말해서 선생님은 국가라는 거대한 배의 밑바닥을 혼자서 지배하고 계시는 셈이지. 선생님이 마개를 뽑으면 배는 가라앉을 것이고, 승객은 아마 무슨 일이 일어났는지 알기도 전에 바다에 내던져질 거야."

여기까지 말한 남자는 담배에 불을 붙였다.

"그러나 이 조직에는 한계가 있어. 즉 왕의 죽음이지. 왕이 죽으면 왕국은 붕괴되는 거지. 왜냐하면 그 왕국은 한 사람의 천재적 자질에 의해서 구축되고 유지되어 온 것이기 때문이야. 내 가설에 따르면, 어떤 수수께끼 같은 요인에 의해서 구축되고 유지되어 왔다는 말이야. 선생님이 돌아가시면 모든 것은 끝장이지. 왜냐하면 우리 조직은 관료조직이 아니라 한 사람의 두뇌를 정점으로 한 완전한 기계이기 때문이지. 거기에 우리 조직의 의미가 있고, 약점이 있는 거야. 아니면 있었던 거지. 선생님의 죽음으로 인해 조직은 조만간 분열되고, 불길에 휩싸인 발할라 궁전*처럼 범용凡庸의 바닷속으로 침몰해가겠지. 아무도 선생님의 뒤를 이을 수는 없어. 조직은 분열되는 거야―마치 광대한 궁전이 헐리고 그 자리에 아파트가 들어서듯이 말이야. 균질과 확률의 세계지. 거기에는 의지라는 것이 없어.

---

* 고대 북유럽 신화 속에서, 명예롭게 전사한 사람들이 사후에 가는 곳으로 여겨지는 궁전.

어쩌면 당신은 그것이 옳은 일이라고 생각할지도 모르지. 분열 말이야. 그러나 생각해보라고. 일본 전체가 아주 납작해져서 산도 해안도 호수도 없고, 거기에 똑같은 아파트만 죽 늘어놓는 게 옳은 일일까?"

"모르겠는데요"라고 나는 말했다. "그런 질문 자체가 적당한지 어떤지조차 알 수 없습니다."

"당신은 머리가 좋군" 하고 남자는 말하며, 무릎 위에서 두 손을 깍지 끼었다. 손가락 끝은 천천히 리듬을 타고 있었다. "아파트 이야기는 물론 비유지. 좀 더 정확히 말하면 조직은 둘로 나뉘어져 있어. 앞으로 나아가기 위한 부분과 앞으로 나아가게 하기 위한 부분이지. 그 밖에도 여러 가지 기능을 하는 부분은 있지만, 크게 나누면 우리 조직은 이 두 부분으로 성립되어 있어. 그 밖의 부분에는 거의 아무런 의미도 없지. 앞으로 나아가는 부분이 '의지 부분'이고, 앞으로 나아가게 하는 부분이 '수익 부분'이야. 사람들이 선생님을 문제 삼을 때에 거론하는 것은 이 '수익 부분'뿐이지. 그리고 또 선생님이 돌아가신 다음에 사람들이 분할을 원하고 몰려들 부분도 이 '수익 부분'뿐이야. '의지 부분'은 아무도 욕심을 내지 않아. 아무도 이해할 수 없기 때문이지. 이것이 내가 말하고 있는 분열의 의미야. 의지는 분열될 수 없어. 100퍼센트 계승되거나 100퍼센트 소멸되는 것 둘 중 하나일 뿐이지."

남자의 손가락은 여전히 무릎 위에서 완만한 리듬을 타고 있었다. 그것 이외에는 모든 것이 처음과 똑같았다. 기준점이 없는 시선과 차가운 눈동자, 표정 없는 단정한 얼굴. 그 얼굴은 시종 똑같은 각도에서 내 쪽을 향하고 있었다.

"'의지'란 뭐지요?"라고 나는 물어보았다.

"공간을 제어하고, 시간을 제어하고, 가능성을 제어하는 관념이지."

"모르겠군요."

"물론 누구도 알 리가 없지. 선생님만이, 말하자면 본능적으로 그것을 이해하고 계셨어. 극단적으로 말한다면, 자기인식의 부정이야. 거기에서 비로소 완전한 혁명이 실현되는 거지. 당신이 이해하기 쉽게 말하면 노동이 자본을 포함하고 자본이 노동을 포함하는 혁명이야."

"환상처럼 들리는데요."

"그 반대지. 인식이야말로 환상이야." 남자는 여기서 말을 잠시 끊었다.

"물론, 지금 내가 말하고 있는 것은 그저 말일 뿐이야. 말을 아무리 늘어놓는다 해도, 선생님이 품고 계셨던 의지의 형태를 당신에게 설명한다는 것은 불가능하지. 내 설명은 나와 그

의지 사이의 관련을 또 다른 언어적인 관련으로 나타낸 것일 뿐이야. 인식의 부정은 또한 언어의 부정과도 관련 있는 거야. 개인의 인식과 진화적 연속성이라는 서구 휴머니즘의 두 기둥이 그 의미를 잃을 때, 언어도 역시 그 의미를 잃는 거지. 존재는 개체로서 있는 것이 아니고 혼돈으로서 있어. 당신이라는 존재는 독자적인 존재가 아니라 그저 혼돈일 뿐이야. 나의 혼돈은 당신의 혼돈이기도 하고, 당신의 혼돈은 나의 혼돈이기도 하지. 존재가 커뮤니케이션이고, 커뮤니케이션이 존재인 거야."

갑자기 방이 몹시 추워졌고 내 곁에 따뜻한 잠자리가 준비되어 있는 듯한 느낌이 들었다. 누군가가 나를 잠자리로 유혹하고 있었다. 그러나 물론 그것은 착각이었다. 지금은 9월이고, 밖에서는 아직도 무수히 많은 매미가 울어대고 있었다.

"당신들이 1960년대 후반에 했던, 아니면 하려고 했던 의식의 확대화는, 그것이 개체에 뿌리내리고 있었던 탓에 완전히 실패로 끝났지. 다시 말해서 개개의 질량은 변함없는데 의식만 확대되어 가면 그 궁극에 있는 것은 절망뿐인 거야. 내가 말하는 평범함이라는 것은 그런 의미지. 그러나 아무리 설명한들 당신은 이해하지 못할 거야. 게다가 나도 이해 따위를 구하고 있는 것은 아니야. 다만 정직하게 이야기하려고 노력

하고 있을 뿐이지."

"아까 당신에게 건네준 그림에 대해서 설명하겠는데"라고 남자는 말했다. "그 그림은 미국 육군병원의 의무기록을 복사한 것이지. 날짜는 1946년 7월 27일로 되어 있었어. 그 그림은 의사의 요청에 따라 선생님이 손수 그리신 거야. 환각을 기록하는 작업의 일환으로 말이야. 사실 이 의무기록에 의하면 이 양은 아주 높은 빈도로 선생님의 환각 속에 나타나지. 숫자로 말하자면 약 80퍼센트, 즉 다섯 번의 환각 속에 네 번 정도는 양이 등장하는 셈이지. 그것도 보통의 양이 아니고, 등에 별을 지고 있는 밤색 양이야.

그리고 그 라이터에 새겨진 양의 문장은 선생님이 자신의 인장으로 1936년 이래 사용하고 계시는 것이지. 당신도 눈치 챘겠지만, 그 문장의 양은 의무기록에 남겨진 양의 그림과 완전히 똑같은 것이야. 그리고 그것은 또 지금 당신이 갖고 있는 사진 속의 양과도 똑같지. 꽤 흥미로운 사실이라고 생각하지 않아?"

"단순한 우연이겠지요"라고 나는 말했다. 딴에는 되도록 가볍게 들리도록 말한다고 하기는 했지만, 그다지 잘된 것 같지는 않았다.

"또 있지"라고 남자는 말했다. "선생님은 양에 관한 모든 자료와 정보를 열심히 모으셨어. 그리고 일주일에 한 번 그 주에 일본 국내에서 출판된 모든 신문·잡지에서 추려낸 양에 관한 기사를 오랜 시간에 걸쳐 손수 체크하고 계셨지. 나는 줄곧 그 일을 도와왔어. 선생님께서는 매우 열심이셨지. 마치 뭔가를 찾고 있는 듯이 말이야. 선생님이 병상에 누우시고 나서부터는 내가 극히 개인적으로 그 작업을 이어받았어. 아주 흥미로웠거든. 대체 무엇이 나올까? 거기에 당신이 나왔어. 당신과 당신의 양이 말이야. 이건 아무리 생각해도 우연은 아닌 것 같아."

나는 손으로 라이터의 무게를 확인했다. 아주 기분 좋은 무게였다. 지나치게 무겁지도 않고 가볍지도 않았다. 세상에는 이런 종류의 무게가 있는 것이다.

"선생님이 무슨 이유로 그렇게까지 열심히 양을 찾고 계셨을지 당신은 알겠어?"

"모르겠는데요"라고 나는 말했다. "선생님께 여쭤보는 편이 빠르겠군요."

"물어볼 수 있다면 물어봤겠지. 선생님은 지난 2주일 동안 의식이 없어. 아마 의식이 다시 돌아오진 않을 거야. 그리고 선생님이 돌아가시면 별 모양이 있는 양의 비밀도 영원히 어둠 속에 묻히고 말겠지. 나는 그것만은 도저히 견딜 수 없어. 개인적인 득실을 위해서가 아니라 더 큰 대의를 위해서 말이야."

나는 라이터의 뚜껑을 열어 불을 붙인 다음 다시 뚜껑을 닫았다.

"당신은 아마 내가 하고 있는 말이 허황되다고 생각할 거야. 어쩌면 그럴지도 모르지. 정말로 허황된지도 몰라. 하지만 우리에게 남겨진 단 하나의 희망을 당신이 이해해주기 바라. 선생님이 돌아가신다. 하나의 의지가 세상을 떠난다. 그리고 그 의지의 주변에 있는 것도 모두 사멸한다. 뒤에 남는 것은 숫자로 셀 수 있는 것뿐이다. 그 이외에는 아무것도 남지 않는다. 그러니까 나는 그 양을 찾아야겠어."

그는 처음으로 몇 초 동안 눈을 감았고, 그동안 침묵이 흘렀다. "내 가설을 말하겠어. 어디까지나 가설이야. 마음에 들지 않는다면 잊어버리면 그만이지. 나는 그 양이야말로 선생님의 의지의 원형原型을 이루고 있다고 생각해."

"동물 쿠키 같은 이야기군요"라고 나는 말했다. 남자는 내 말을 무시했다.

"아마도 양이 선생님 속으로 들어간 모양이야. 그건 아마 1936년의 일일 거야. 그리고 그때 이래로 40년이 넘도록 양은 선생님 속에 자리 잡고 있었던 거지. 거기에는 분명 초원이 있고, 자작나무 숲이 있었을 거야. 마치 그 사진처럼 말이지. 당신은 어떻게 생각하지?"

"아주 재미있는 가설인 것 같군요"라고 나는 말했다.

"특수한 양이지. 매우 특수한 양이야. 나는 그것을 찾아야 하고, 그러기 위해선 당신의 협력이 필요해."

"찾아내서 어떻게 하실 겁니까?"

"어쩌기는 뭘 어쩌겠어. 아마 나는 어쩌지도 못할 거야. 내가 뭔가를 하기에는 그것은 너무도 클 거야. 내 소망이 사라져가는 것을 이 눈으로 지켜볼 뿐이지. 그리고 만약에 그 양이 뭔가를 원하고 있다면, 나는 그것을 위해서 전력을 다하고 싶어. 선생님이 돌아가시고 나면 내 인생에는 더 이상 의미 같은 건 없으니까."

그리고 남자는 입을 다물었다. 나도 입을 다물었다. 매미만이 여전히 울고 있었다. 정원의 나무들이 저녁나절의 바람에 가볍게 서로 스치고 있었다. 집 안은 여전히 괴괴했다. 마치 막을 길 없는 전염병처럼 죽음의 입자가 온 집 안을 감돌고 있었다. 나는 선생의 머릿속의 초원을 떠올려보았다. 풀은 말라버리고 양이 달아난 뒤의 막막한 초원.

"다시 한번 말하지만 당신이 사진을 입수한 루트를 가르쳐줄 수 없겠어?"

"말할 수 없습니다"라고 나는 말했다.

남자는 한숨을 쉬었다. "나는 당신에게 솔직하게 이야기를 했다고 생각해. 그러니 당신도 솔직하게 말해주면 좋겠는데."

"저는 말할 수 있는 입장이 아닙니다. 제가 말을 하면 사진을 준 사람에게 폐를 끼치게 될지도 모릅니다."

"그렇다면" 하고 남자는 말했다. "양과 관련해서 그 사람에게 어떤 폐를 끼치게 될지도 모른다고 생각할 만한 근거가 당신에게 있다는 말이군."

"근거 같은 건 없습니다. 그저 그런 생각이 든다는 것뿐이지요. 뭔가 마음에 걸리는 겁니다. 줄곧 이야기를 들으며 그런 생각이 들었습니다. 직감 비슷한 거지요."

"그래서 말을 할 수 없다는 거로군."

"그렇습니다"라고 나는 말하고 나서 잠시 생각했다. "저는 폐라는 것에 관한 한 일가견이 있는 편입니다. 남에게 폐를 끼치는 방법이라면 누구에게도 지지 않을 만큼 알고 있지요. 그래서 되도록 그걸 피하며 살고 있습니다. 그렇지만 결국은 그렇게 함으로써 더욱 폐를 끼치게 되고 말지요. 어차피 마찬가지인 셈이지요. 하지만 마찬가지라는 걸 알고 있더라도, 처음부터 그렇게는 할 수 없습니다. 이건 원칙의 문제입니다."

"잘 알아들을 수가 없군."

"평범함이라는 것은 여러 가지 형태를 취하며 나타난다는 말입니다."

나는 담배를 물고 손에 든 라이터로 불을 붙인 다음 연기를 들이마셨다. 기분이 아주 조금 상쾌해졌다.

"말하고 싶지 않으면 말하지 않아도 좋아"라고 남자는 말했다. "그 대신, 당신이 양을 찾아내야 해. 이것이 우리의 마지막 조건이지. 오늘부터 두 달 이내에 당신이 양을 찾아내면, 우리는 당신이 원하는 만큼의 보수를 지불하겠어. 만약에 찾아내지 못한다면, 당신 회사도 당신도 끝장이지. 됐어?"

"할 수 없죠"라고 나는 말했다. "그런데 만약에 모든 것이 어떤 착오에서 비롯된 것이고 등에 별 모양이 있는 양 따위는 애당초 없었다면요?"

"결과는 마찬가지지. 당신에게도 나에게도, 양을 찾아내느냐 찾아내지 못하느냐 둘 중에 하나겠지. 중간은 없어. 미안하다고 생각은 하지만, 어쨌든 아까도 말했듯이 당신이 판돈을 낚아 올린 거야. 볼을 잡은 이상 골대까지 달리는 수밖에 없겠지. 설사 골대가 없었다고 하더라도 말이야."

"그렇군요"라고 나는 말했다.

남자는 웃옷 주머니에서 두툼한 봉투를 꺼내더니 내 앞에 놓았다. "이것을 비용으로 써도 좋아. 부족하면 전화하고. 즉시 더 줄 테니. 질문 있나?"

"질문은 없지만 감상은 있습니다."

"무슨?"

"전체적으로 믿을 수 없을 만큼 황당한 이야기지만, 직접 들으니 어딘지 진실성이 있는 것 같군요. 아마 내가 오늘 있었던 일을 이야기하더라도 아무도 믿어주지 않을 겁니다."

남자는 아주 조금 입술을 일그러뜨렸다. 어떻게 보면 웃고 있는 것처럼 보이기도 했다. "내일부터라도 움직이는 게 좋을 거야. 방금 말했듯이 오늘부터 두 달간이야."

"어려운 일입니다. 두 달로는 어림없을지도 모릅니다. 어쨌든 광대한 땅에서 한 마리의 양을 찾아내는 일이니까."

남자는 아무 말도 하지 않고 뚫어지게 내 얼굴을 쳐다보았다. 그가 뚫어지게 응시하면 왠지 나 자신이 텅 빈 수영장이 된 듯한 기분이 들었다. 더러워지고 금이 가고 내년에는 쓸모가 있을지 없을지 알 수 없는 텅 빈 수영장 말이다. 남자는 30초 동안 눈도 깜빡이지 않고 내 얼굴을 쳐다보았다. 그리고 천천히 입을 열었다.

"그만 가는 게 좋겠어" 하고 남자는 말했다.

아닌 게 아니라 그런 것 같았다.

차와 그 운전사 2

"회사로 돌아가시겠습니까? 아니면 어디 다른 데라도?" 하고 운전사가 내게 물었다. 올 때의 그 운전사였는데, 올 때보다는 대하는 게 조금 부드러웠다. 아마 붙임성 있는 성격인 모양이다.

나는 안락한 시트 위에서 한껏 팔다리를 쭉 펴고 나서 어디로 가면 좋을지 생각해보았다. 회사로 돌아갈 생각은 없었다. 내 동료에게 이것저것 설명할 일을 생각만 해도 머리가 지끈거렸고—도대체 어떤 식으로 설명하면 좋단 말인가?—게다가 나는 휴가 중이었다. 그렇다고 해서 곧장 집으로 돌아가고 싶지도 않았다. 막연히 집으로 돌아가기 전에 정상적인 인간이 정상적인 두 발로 걸어다니고 있는 정상적인 세상을 봐두는 게 좋을 듯싶었다.

"니시신주쿠로"라고 나는 말했다.

저녁때라서 신주쿠로 가는 길은 몹시 정체되어 있었다. 어느 지점을 지나자, 차는 닻을 내린 것처럼 거의 움직이지 않았다. 가끔 파도에 흔들려서 차가 몇 센티미터쯤 이동하는 그런 느낌이었다. 나는 잠시 지구의 자전 속도에 대해서 생각해 보았다. 도대체 이 도로의 표면은 시속 몇 킬로미터로 우주 공간을 회전하고 있는 걸까? 나는 머릿속으로 대충 계산해서 어림짐작을 해봤지만, 그것이 유원지의 놀이기구인 커피 잔보다도 빠른지 어떤지는 알 수 없었다. 우리가 잘 이해할 수 없는 일은 얼마든지 있다. 아무 생각 없이 그저 막연하게 알고 있는 듯한 느낌을 가지고 있을 뿐이다. 만약 우주인이 내게 "이봐, 적도는 시속 몇 킬로미터로 회전하고 있지?"라고 묻는다면, 나는 몹시 난처해할 것이다. 아마 나는 화요일 다음에 왜 수요일이 오는지조차도 설명하지 못할 것이다. 그들은 나를 보고 비웃을까? 나는 《카라마조프가의 형제들》과 《고요한 돈강》을 세 번씩 읽었다. 《독일 이데올로기》도 한 번 읽었다. 원주율도 소수점 이하 열여섯 자리까지 외울 수 있다. 그래도 그들은 나를 비웃을까? 아마 비웃을 것이다. 실컷 비웃을 것이다.

"음악이라도 틀까요?"라고 운전사가 물었다.

"좋지요"라고 나는 말했다.

그러자 곧 쇼팽의 발라드가 차내에 흐르기 시작했다. 결혼식장의 대기실 같은 분위기가 되었다.

"이봐요" 하고 나는 운전사에게 물어보았다. "원주율을 알아요?"

"3.14 말입니까?"

"그래요. 그런데 소수점 이하 몇 자리까지 외울 수 있어요?"

"서른두 자리까지는 압니다. 그 이상은 좀……" 하고 운전사는 대수롭지 않다는 듯이 말했다.

"서른두 자리?"

"네, 좀 특별한 기억법이 있거든요. 그런데 왜 그러십니까?"

"아니, 됐어요" 하고 나는 기가 죽어서 말했다. "아무것도 아니에요."

그리고 우리는 잠시 쇼팽을 듣고, 차는 10미터가량 앞으로 나아갔다. 주위에 있는 차의 운전자와 버스 승객들이 우리가 탄 도깨비 같은 차를 유심히 바라보았다. 차창이 특수 유리로 되어 있어서 밖에서 들여다볼 수 없다는 것은 알고 있지만, 남들의 눈길이 유난히 집중되는 것은 역시 기분 좋은 일이 아니다.

"꽤 혼잡하군요" 하고 나는 말했다.

"그러게 말입니다"라고 운전사가 말했다. "하지만 밝아오지 않는 밤이 없는 것처럼, 끝나지 않는 교통 체증도 없지요."

"그야 그렇겠지요"라고 나는 말했다. "그래도 짜증나거나 하는 일은 없나요?"

"물론 있습니다. 초조해지기도 하고 불쾌해지기도 합니다. 특히 급한 일이 있을 때는 아무래도 그렇게 되기 쉽지요. 그러나 모든 것을 우리에게 주어진 시련이라고 생각하려 합니다. 다시 말해서 초조해진다는 건 스스로 패배하는 거거든요."

"꽤 교통 체증에 대한 종교적인 해석처럼 들리는데요."

"저는 크리스천입니다. 교회는 다니지 않지만 크리스천입니다."

"흠" 하고 나는 신음 소리를 냈다. "그런데 크리스천이라는 것과 우익의 거물의 운전사라는 것은 모순 아닌가요?"

"선생님은 훌륭하신 분입니다. 제가 이제까지 만난 사람들 가운데 하나님 다음으로 훌륭하신 분입니다."

"하나님을 만난 적이 있나요?"

"물론입니다. 매일 밤 전화를 걸고 있는걸요."

"하지만" 하고 말하고 나서 나는 조금 망설였다. 머리가 다시 혼란스러워지기 시작했다. "하지만 모두가 하나님께 전화를 건다면, 회선이 너무 복잡해서 항상 통화 중이지 않을까요? 예를 들어서 오후에 전화번호를 문의하는 것처럼 말이에요."

"그런 걱정은 없습니다. 말하자면 하나님은 동시적인 존재거든요. 그러니까 한꺼번에 백만 명이 전화를 건다 하더라도, 하나님은 백만 명과 동시에 말씀을 하실 수 있습니다."

"나는 잘 모르겠지만, 그런 것은 정통적인 해석인가요? 즉 뭐랄까, 신학적으로 말이에요."

"저는 급진적이랍니다. 그래서 교회와 잘 맞지 않나봅니다."

"그래요?"라고 나는 말했다.

차가 50미터가량 전진했다. 나는 담배를 물고 불을 붙이려다가 비로소 내가 계속해서 라이터를 꼭 쥐고 있었다는 것을 깨달았다. 나는 그 남자가 건네준 양의 문장이 새겨진 듀퐁 라이터를 무의식적으로 그대로 가지고 나와버렸던 것이다. 그 은제 라이터는 처음부터 줄곧 거기에 있었던 것처럼 내 손 안에서 어색함 없이 자리 잡고 있었다. 무게로 보나 촉감으로 보나 나무랄 데가 없다. 나는 잠시 생각하고 나서 결국 그것을 갖기로 했다. 라이터 한두 개쯤 없어졌다고 해서 곤란해할 사람은 없을 것이다. 나는 두세 번 뚜껑을 열었다 닫았다 하고 나서 담배에 불을 붙인 다음 라이터를 주머니에 넣었다.

그리고 대신 일회용 BIC 라이터를 차 안에 던져두었다.

"몇 년쯤 전에 선생님께서 가르쳐주셨습니다" 하고 느닷없이 운전사가 말했다.

"무얼요?"

"하나님의 전화번호 말입니다."

나는 들리지 않을 정도로 한숨을 내쉬었다. 내가 미친 걸까, 아니면 그들이 미친 것일까?

"당신에게만 살짝 가르쳐주셨나요?"

"그렇습니다. 저에게만 살짝 가르쳐주셨어요. 훌륭하신 분이죠. 선생님도 알고 싶으십니까?"

"가능하다면" 하고 나는 말했다.

"그럼 알려드릴게요. 도쿄 945의……."

"잠깐" 하고 말을 끊은 나는 수첩과 볼펜을 꺼내 그 번호를 메모했다.

"그런데 나 같은 사람에게 알려줘도 되는 거예요?"

"그럼요. 누구에게나 가르쳐주는 건 아니지만, 선생님은 좋은 분인 것 같아서요."

"고마워요" 하고 나는 말했다. "하지만 대체 하나님과 무슨 이야기를 하면 좋을까요? 나는 크리스천도 아니고."

"그건 별로 문제가 되지 않을 겁니다. 선생님은 자신이 생각하고 있는 일, 고민하고 있는 일을 솔직하게만 말씀하시면 되는 겁니다. 아무리 하찮은 일을 이야기하더라도, 하나님은 따분해하시거나 경멸하시거나 하는 법이 없거든요."

"고마워요. 전화해보지요."

"그렇게 하세요"라고 운전사가 말했다.

차량 행렬이 원활하게 흐르기 시작하여 신주쿠의 빌딩들이 보이기 시작했다. 우리는 신주쿠에 도착할 때까지 아무 말도 하지 않았다.

여름의 끝과 가을의 시작

차가 목적지에 닿았을 때, 거리는 벌써 엷은 남색의 땅거미가 지고 있었다. 여름이 끝났음을 알리는 선선한 바람이 빌딩 사이를 누비며 퇴근해 집으로 돌아가는 아가씨들의 치맛자락을 흔들고 있었다. 타일을 깐 보도에 샌들이 부딪치는 똑똑 하는 소리가 울리고 있었다.

　나는 고층 호텔 맨 꼭대기 층의 넓은 바에 들어가, 하이네켄 맥주를 주문했다. 맥주가 나오기까지 10분이 걸렸다. 나는 그동안 의자의 팔걸이 위에 턱을 괸 채 눈을 감고 있었다. 아무 생각도 떠오르지 않았다. 눈을 감고 있자니, 몇백 명이나 되는 난쟁이들이 비로 머릿속을 쓸고 있는 것과 같은 소리가 났다. 그들은 언제까지고 계속해서 쓸어대고 있었다. 아무도 쓰레

받기를 사용할 생각을 안 했다.

맥주가 나오자, 나는 그것을 두 모금에 다 마셔버렸다. 그리고 작은 접시에 담긴 땅콩도 모조리 먹어치웠다. 이제 비질하는 소리는 들리지 않았다. 나는 계산대 옆에 있는 전화박스에 들어가 대단한 귀를 가진 여자 친구에게 전화를 걸어보았다. 그녀는 그녀의 집에도 우리 집에도 없었다. 아마 어딘가에 식사하러 나간 모양이다. 그녀는 절대로 집에서는 식사를 하지 않는다.

그러고 나서 나는 헤어진 아내의 새 아파트 전화번호를 돌려보았지만, 벨이 두 번 울렸을 때 생각이 바뀌어 수화기를 내려놓았다. 생각해보니 특별히 할 말도 없는 데다가, 무신경한 사람이라고 생각할 것 같았기 때문이다.

그런 곳들 말고는 전화를 걸 만한 데가 없었다. 천만 명이나 되는 사람들이 우글거리는 거리의 한복판에서, 전화를 걸 만한 상대가 단 두 사람밖에 없는 것이다. 게다가 한 사람은 이혼한 아내다. 나는 단념하고 10엔짜리 동전을 주머니에 넣고, 전화박스를 나왔다. 그리고 지나가던 웨이터에게 하이네켄을 두 병 더 주문했다.

이렇게 해서 하루가 저물어간다. 이 세상에 태어나서 이제까지 이처럼 무의미한 하루도 없었던 것 같은 기분이 들었다.

여름의 마지막 하루가 좀 더 그럴듯했으면 좋았을 텐데 말이다. 그런데 그날 하루는 이리저리 끌려다니며 휘둘리다가 저물어버리고 말았다. 창밖에는 차가운 초가을의 어둠이 번지고 있었다. 땅 위에는 작고 노란 가로등의 불빛들이 끝없이 이어져 있다. 위에서 내려다보고 있노라니 그것은 마치 짓밟히기를 기다리고 있는 것처럼 보였다.

맥주가 날라져 왔다. 나는 처음 한 병을 비우고 나서 두 접시의 땅콩을 전부 손바닥에 쏟아놓고 하나하나 먹어갔다. 옆 테이블에서는 수영 강습을 받고 돌아가는 길인 중년 여성 네 명이 한창 수다를 떨며 가지각색의 트로피컬 칵테일을 마시고 있었다. 웨이터는 부동자세로 선 채 목만 구부리고 하품을 하고 있었다. 또 한 사람의 웨이터는 중년의 미국인 부부에게 열심히 메뉴를 설명하고 있었다. 나는 땅콩을 전부 먹어치우고 세 병째 맥주를 들이켰다. 세 병째 맥주를 다 마시고 나자 더는 할 일이 없었다.

나는 리바이스 청바지 뒷주머니에서 봉투를 꺼내 뜯은 다음 1만 엔짜리 지폐 뭉치를 한 장씩 세었다. 종이 띠로 묶은 신권新券 다발은 지폐라기보다는 트럼프처럼 보였다. 절반쯤 세자 손가락이 얼얼하고 아팠다. 96까지 세었을 때 나이가 지긋해 보이는 웨이터가 와서 빈 병을 치우며, 한 병 더 주문하시겠냐고 물었다. 나는 지폐를 세면서 말없이 끄덕였다. 그는 내가 지폐 다발을 세고 있는 것에 대해서는 전혀 관심이 없는 듯이 보였다.

150장을 다 세고 나서 봉투에 다시 넣어, 그것을 바지 뒷주머니에 찔러 넣었을 때 새 맥주가 나왔다. 나는 또 땅콩을 한 접시 먹었다. 다 먹고 나서 어떻게 그렇게 먹을 수 있었는지에 대해 생각해보았다. 해답은 하나밖에 없었다. 배가 고팠던 것이다. 생각해보니 아침부터 과일케이크 하나밖에 먹지 않았다.

나는 웨이터를 불러서 메뉴를 보여달라고 했다. 오믈렛은 없었지만 샌드위치는 있었다. 치즈와 오이 샌드위치를 주문했다. 뭐가 곁들여서 나오느냐고 물어보았더니 포테이토칩과 피클이라고 했다. 포테이토칩은 그만두고 피클을 더 달라고 했다. 그리고 손톱깎이가 있는지도 물어보았다. 물론 손톱깎이는 있었다. 호텔의 바에는 정말 모든 것이 다 있다. 나는 전에 호텔 바에서 불어 사전을 빌린 적도 있다.

천천히 맥주를 마시며 천천히 야경을 바라보고, 재떨이에 대고 천천히 손톱을 깎고 다시 한번 야경을 바라보며 손톱을 갈았다. 그렇게 밤은 깊어갔다. 나는 도시에서 시간 보내기에 관한 한 베테랑의 경지에 달했다.

스피커를 통해 내 이름이 호명되는 소리가 들렸다. 그러나 처음에는 내 이름으로 들리지 않았다. 방송이 끝나고 몇 초쯤 지나자 내 이름은 조금씩 내 이름 고유의 성격을 띠기 시작하더니, 이윽고 내 머릿속에서 순수한 내 이름이 되었다.

내가 손을 들어 신호를 하자, 웨이터가 무선전화기를 테이블까지 가져다주었다.

"예정이 좀 변경되었어" 하고 귀에 익은 목소리가 말했다. "선생님의 상태가 갑자기 나빠지셨거든. 이제 시간이 별로 없어. 그래서 당신에게 준 시간도 앞당겨야겠어."

"얼마나?"

"한 달. 그 이상은 기다릴 수 없어. 한 달 안에 양을 못 찾으면 당신은 끝장이야. 당신이 돌아갈 수 있는 곳은 아무 데도 없게 되는 거지."

한 달, 하고 나는 머릿속으로 생각해보았다. 그러나 내 머릿속에서는 시간에 대한 관념이 돌이킬 수 없을 만큼 혼란스러워져 있었다. 한 달이나 두 달이나 별 차이가 없는 것 같았다. 도대체 한 마리의 양을 찾아내는 데에 일반적으로 얼마만큼의 시간이 걸린다는 기준이 없으니까 어쩔 도리가 없다.

"용케도 여기를 알아냈군요"라고 나는 말해보았다.

"우리는 웬만한 일은 대부분 알 수 있어"라고 남자는 말했다.

"양이 있는 곳만 빼고 말이군요"라고 나는 말했다.

"그런 셈이지"라고 남자는 말했다. "어쨌든 움직이라고. 당신은 시간을 너무 허비하는군. 자신이 처한 입장을 잘 생각해보는 게 좋을 거야. 당신을 그런 입장으로 몰아넣은 사람이 바로 당신 자신이기도 하니까 말이야."

아닌 게 아니라 그 말이 맞다. 나는 봉투 속에서 1만 엔짜리 지폐를 꺼내 계산을 한 다음 엘리베이터를 타고 지상으로 내려왔다. 지상에서는 여전히 정상적인 사람들이 두 발로 정상적으로 걷고 있었는데, 그런 광경을 보고도 특별히 마음이 놓이진 않았다.

5,000분의 1

방으로 돌아오니, 우편함에 석간신문과 함께 세 통의 편지가 들어 있었다. 한 통은 은행으로부터의 잔액 통지였고 한 통은 어느 모로 보나 따분할 것 같은 파티의 초대장이었으며, 또 한 통은 중고차 센터의 선전 광고였다. 좀 더 좋은 차로 바꾸면 인생이 그만큼 밝아진다는 선전 문구가 쓰여 있었다. 쓸데없는 참견이다. 나는 세 통의 편지를 겹쳐서 한꺼번에 가운데를 찢은 다음 휴지통에 버렸다.

냉장고에서 주스를 꺼내 컵에 따라 부엌의 테이블에 앉아서 마셨다. 테이블 위에는 여자 친구가 남기고 간 메모가 놓여 있었다. "식사하러 나가. 9시 30분까지 돌아올게"라고 적혀 있었다. 테이블 위의 디지털시계는 현재의 시각이 9시 30분임을 알려주고 있었다. 잠깐 바라보고 있는 사이에 그 숫자는 31로 바뀌고 조금 지나자 32가 되었다.

시계를 바라보는 것도 싫증이 나서 나는 옷을 벗고 욕실에 들어가 머리를 감았다. 욕실에는 네 종류의 샴푸와 세 종류의 린스가 있었다. 그녀가 슈퍼마켓에 갈 때마다 뭔가 새로운 것들을 사들이고 있기 때문이다. 욕실에 들어가면 반드시 뭔가가 늘어나 있다. 세어보니 셰이빙크림이 네 종류, 치약이 다섯 종류나 있었다. 순열 조합으로 하면 대단한 수가 된다. 욕실에서 나와 조깅용 반바지와 티셔츠로 갈아입으니 몸에 달라붙어서 떨어지지 않을 것 같던 불쾌감이 사라져 상쾌해졌다.

10시 20분에 슈퍼마켓의 종이봉투를 들고 그녀가 돌아왔다. 그녀는 언제나 밤중에 슈퍼마켓에 간다. 종이봉투 속에는 청소용 브러시 세 개, 클립이 한 갑, 적당히 차가운 캔 맥주가 여섯 개 들어 있었다. 나는 또 맥주를 마시게 되었다.

"양에 관한 이야기였어"라고 나는 말했다.

"내가 그럴 거라고 했잖아"라고 그녀가 말했다.

냉장고에서 소시지 통조림을 꺼내 프라이팬에다 볶아서 먹었다. 내가 세 개를 먹고, 그녀가 두 개를 먹었다. 부엌 창문을 통해 시원한 밤바람이 들어왔다.

나는 회사에서 일어난 일을 이야기하고, 차에 대해서 이야기하고, 저택에 대해서 이야기하고, 기묘한 비서에 대해서 이야기하고, 혈혹에 대해서 이야기하고, 등에 별 모양이 있는 양에 대해서도 이야기했다. 꽤 긴 이야기여서 이야기가 끝났을 때에는 시곗바늘이 11시를 가리키고 있었다.

"이런 이야기야"라고 나는 말했다.

내가 이야기를 다 했는데도 그녀는 그다지 놀라는 기색이 없었다. 이야기를 들으면서 줄곧 귀를 팠고 몇 번인가 하품도 했다.

"그래서 언제 출발할 거야?"

"출발?"

"양을 찾으러 가야 하잖아."

나는 두 개째의 캔을 따려다가 얼굴을 들고 그녀를 쳐다보았다.

"가긴 어딜 가"라고 나는 말했다.

"하지만 가지 않으면 일이 곤란해지는 거 아니야?"

"곤란해질 것도 없지 뭐. 어차피 회사는 그만둘 생각이었고, 누가 훼방을 놓더라도 먹고살 정도의 일은 구할 수 있다고. 설마 죽이기야 하겠어?"

그녀는 새 면봉을 상자에서 꺼내 잠시 손가락으로 만지작 거렸다. "하지만 간단한 얘기는 아니잖아. 요컨대 양을 한 마리 찾아내면 되는 거지? 재미있을 것 같은데."

"찾기는 무슨 재주로 찾아. 홋카이도는 네가 생각하는 것보다 훨씬 넓은 데다 양도 몇십만 마리나 있다고. 그 속에서 무슨 수로 한 마리의 양을 찾아낸단 말이야? 불가능해. 설사 그 양의 등에 별 모양이 있다 하더라도 말이야."

"5,000마리야."

"5,000마리?"

"홋카이도에 있는 양의 수 말이야. 1947년에는 27만 마리나 있었는데 지금은 5,000마리밖에 없대."

"그걸 어떻게 알았지?"

"당신이 나간 다음에 도서관에 가서 조사해봤거든."

나는 한숨을 쉬었다. "도무지 모르는 게 없군."

"그렇지 않아. 모르는 게 훨씬 많은걸."

"그래"라고 나는 말했다. 그리고 두 개째의 캔 맥주를 따서 그녀의 잔과 내 잔에 반씩 따랐다.

"어쨌든 홋카이도에 지금은 5,000마리밖에 없어. 정부의 통계에 의하면 말이야. 어때, 이제 조금은 마음이 편해졌지?"

"똑같아"라고 나는 말했다. "5,000마리든 27만 마리든 별로 다를 게 없어. 문제는 광대한 땅에서 한 마리의 양을 찾아낸다는 데에 있는 거야. 게다가 단서는 하나도 없고."

"단서가 없는 건 아니잖아. 우선 사진이 있고, 당신 친구가 있잖아. 어떤 루트를 통해서든 틀림없이 단서를 잡을 수 있을 거야."

"모두 아주 막연한 단서지. 사진 속의 풍경이란 어디에나 있는 흔해빠진 것이고, 쥐 녀석이 보낸 편지는 소인조차도 분명하지 않잖아."

그녀는 맥주를 마셨다. 나도 맥주를 마셨다.

"양을 싫어해?"라고 그녀가 물었다.

"양은 좋아해"라고 나는 말했다.

머리가 다시 조금 혼란스러워졌다.

"하지만 가지 않기로 이미 결정했다고"라고 나는 말했다. 나 자신을 타이를 생각으로 말했던 것인데 그다지 잘 되지 않았다.

"커피 마실래?"

"좋지"라고 나는 말했다.

그녀는 빈 깡통과 잔을 치우고 주전자에 물을 끓였다. 그녀는 물이 끓을 때까지 옆방에서 카세트테이프를 들었다. 자니 리버스Johnny Rivers가 〈미드나이트 스페셜Midnight Special〉과 〈롤 오버

베토벤Roll Over Beethoven〉을 연달아 부르고 있었다. 그다음 노래
는 〈시크리트 에이전트 맨Secret Agent Man〉이었다. 물이 끓자 그
녀는 커피를 타면서, 테이프에 맞춰 〈자니 B. 굿Johnny B. Goode〉
을 불렀다. 그동안 나는 석간신문을 읽었다. 아주 가정적인 풍
경이었다. 양에 대한 문제만 없다면 행복할 수 있었을 것이다.

　테이프가 끝나는 소리가 들릴 때까지 우리는 말없이 커피
를 마시며, 얇은 비스킷 몇 조각을 먹었다. 나는 계속 석간신
문을 읽었다. 더 이상 읽을 만한 게 없어지면 같은 데를 두 번
읽었다. 쿠데타가 일어나기도 하고 영화배우가 죽기도 하고
곡예를 하는 고양이도 있지만, 몽땅 나와는 관계없는 사건뿐
이었다. 그동안 계속 자니 리버스는 오래된 로큰롤을 부르고
있었다. 테이프가 끝나자 나는 석간신문을 접고 그녀를 바라
보았다.

　"나는 아직 잘 모르겠어. 설사 허사로 끝난다 하더라도 양을
찾아다니는 편이 아무것도 안 하는 것보다는 나을 거라는 생
각이 들기는 해. 하지만 한편으로는 누군가에게 명령을 받거
나 협박을 당하거나 휘둘리고 싶지 않아."

　"하지만 정도의 차이는 있지만 누구나 명령을 받거나 협박
을 당하거나 휘둘리면서 살고 있어. 그리고 찾아야 할 것조차
도 없는 경우가 있을 수 있고."

"그럴지도 모르지" 하고 잠시 후에 나는 말했다.

그녀는 말없이 귀를 파고 있었다. 가끔 머리카락 사이로 포동포동한 귓불이 보였다.

"지금쯤 홋카이도는 멋질 거야. 관광객도 적고, 날씨도 좋고, 양도 모두 밖에 나와 있을 거고. 적절한 시기라고."

"그렇겠지."

"만약" 하고 그녀는 말하며 마지막으로 하나 남은 비스킷을 마저 먹었다. "당신이 나를 데려가주면, 틀림없이 당신한테 도움이 될 텐데."

"왜 그렇게 양을 찾는 일에 신경을 쓰는 거지?"

"나도 그 양이 보고 싶으니까."

"아무것도 아닌 보통 양이어서 헛수고가 될지도 몰라. 게다가 당신까지 골치 아픈 일에 말려들게 될지도 모르고."

"상관없어. 당신에게 골치 아픈 일은 내 일이기도 하잖아"라고 말하며 그녀는 살짝 미소 지었다. "난 당신이 좋아."

"고마워"라고 나는 말했다.

"그뿐이야?"

나는 석간신문을 접어서 테이블 한옆으로 밀어놓았다. 창으로 들어오는 바람이 담배 연기를 어딘가로 날려보냈다.

"솔직히 말해서, 이 이야기는 왠지 마음에 안 들어. 께름칙해."

"어떤 일 말이야?"

"하나부터 열까지 전부"라고 나는 말했다. "전체적으로는 말이 안 될 정도로 황당하면서도 세부적인 데는 이상하게 아주 또렷하고 게다가 딱 맞아떨어지거든. 아무래도 느낌이 좋지 않아."

그녀는 아무 말도 하지 않고 테이블 위의 고무 밴드를 손가락으로 빙글빙글 돌리고 있었다.

"게다가 양을 찾아내고 나면 도대체 나는 어떻게 되는 거지? 만약 그 양이 진짜로 그 남자가 말하는 것과 같은 특수한 양이라면, 그것을 찾아냄으로써 지금보다도 훨씬 심각한 문제에 휘말리게 될지도 몰라."

"하지만 당신 친구는 이미 그 심각한 문제에 휘말려 있는 게 아닐까? 그렇지 않다면 굳이 당신에게 그런 사진을 보냈을 리 없잖아."

그녀의 말이 맞다. 나는 내가 가진 카드를 모조리 테이블 위에 늘어놓았는데, 그 카드가 전부 상대의 카드에 진 것이다. 모두에게 내 작전을 들켜버린 듯한 느낌이었다.

"아무래도 갈 수밖에 없겠군" 하고 나는 체념하며 말했다.

그녀는 미소를 지었다. "아마 당신을 위해서도 그렇게 하는 게 제일 좋을 거야. 그리고 양은 꼭 찾을 수 있을 테고."

그녀는 귀 손질을 마치고 면봉을 화장지에 싸서 버렸다. 그리고 고무 밴드를 집어 머리를 뒤로 묶어 귀를 내놓았다. 방 안의 공기가 바뀐 듯한 기분이 들었다.

"자"라고 그녀는 말했다.

일요일 오후의 피크닉

눈을 뜬 것은 아침 9시였다. 그녀는 옆에 없었다. 아마 식사를 하러 나갔다가 그대로 자기 집으로 돌아갔는지도 모른다. 메모는 없었다. 욕실에는 그녀의 손수건과 팬티가 널려 있었다.

나는 냉장고에서 오렌지주스를 꺼내서 마시고, 사흘 된 빵을 토스터에 넣었다. 빵에서는 벽에 바르는 흙 같은 맛이 났다. 부엌 창문을 통해 옆집 마당의 협죽도가 보였다. 누군가가 멀리서 피아노 연습을 하고 있었다. 올라가고 있는 에스컬레이터에 탄 채 아래쪽으로 뛰어내려가는 것처럼 치고 있었다. 통통하게 살찐 비둘기 세 마리가 전봇대에 앉아서 의미도 없이 계속 울어대고 있었다. 아니, 어쩌면 비둘기는 뭔가 의미를 담고 울고 있는지도 모른다. 발의 물집이 아파서, 그래서 울어대고 있는지도 모른다. 비둘기 쪽에서 보면 의미가 없는 것은 바로 나일지도 몰랐다.

두 개의 토스트를 목구멍 속으로 쑤셔 넣었을 때에는 비둘기의 모습은 사라지고 전봇대와 협죽도만이 남아 있었다. 아무튼 일요일 아침이다. 일요일자 신문에는 산울타리를 뛰어넘고 있는 말의 컬러 사진이 실려 있었다. 말 위에는 검은 모자를 쓴 안색이 나쁜 기수가 타고 있었는데, 옆 페이지를 못마땅한 눈초리로 뚫어지게 노려보고 있었다. 옆 페이지에는 난蘭의 재배법이 장황하게 실려 있었다. 난의 종류는 수백 가지고 저마다 서로 다른 역사가 있었다. 어느 나라인가 그 나라의 왕후는 난 때문에 목숨을 잃었다고 한다. 난은 왠지 모르게 운명을 생각하게 한다는 기사가 실려 있었다. 모든 것에는 철학이 있고, 운명이 있다.

여하튼 양을 찾으러 갈 결심을 하고 나니 기분이 아주 홀가분해졌다. 손가락 끝에까지 골고루 생기가 퍼지는 것처럼 느껴졌다. 스무 살이라는 분수령을 넘은 이래 이런 기분을 느낀 것은 처음이었다. 나는 식기를 싱크대에 집어넣고 고양이에게 아침밥을 준 다음 검은 양복의 남자에게 전화를 걸었다. 벨이 여섯 번 울리고 나서 남자가 받았다.

"잠을 깨운 게 아닌지 모르겠군요"라고 나는 말했다.

"걱정하지 않아도 돼. 나는 언제나 일찍 일어나니까"라고 남자가 말했다. "그래서?"

"무슨 신문을 보시지요?"

"전국지 전부와 지방지 여덟 가지. 지방지는 저녁에나 오지만 말이야."

"그걸 모두 읽으시나요?"

"그것도 일이니까"라고 남자는 참을성 있게 말했다. "그래서?"

"일요일자 신문도 읽으시나요?"

"물론 읽지"라고 남자는 말했다.

"오늘 아침 신문에 실린 말 사진 보셨습니까?"

"그 말 사진 봤어"라고 남자는 말했다.

"말과 기수가 전혀 다른 생각을 하고 있는 것처럼 보이지 않았나요?"

초승달 빛이 비쳐드는 것처럼 수화기를 통해 침묵이 방 안으로 전해졌다. 숨소리 하나 들리지 않았다. 귀가 아파올 것만 같은 완벽한 침묵이었다.

"그게 용건인가?"라고 남자가 말했다.

"아니, 그저 잡담이에요. 공통의 화제가 있어서 나쁠 건 없으니까요."

"우리의 공통 화제라면 다른 것이 있어. 가령 양 문제라든가." 남자는 헛기침을 했다. "미안하지만, 난 당신처럼 한가하지가 못해. 용건만 간단하게 말할 수 없겠나?"

"문제는 거기에 있습니다"라고 나는 말했다. "간단히 말해서, 저는 내일 양을 찾으러 가겠습니다. 꽤 망설였지만, 결국은 그렇게 하기로 했죠. 하지만 이왕 하는 거니깐 제 방식대로 하고 싶어요. 말도 하고 싶은 대로 하겠어요. 나에게도 잡담을 할 권리쯤은 있으니까요. 일일이 행동을 감시당하고 싶지도 않고, 이름도 모르는 사람에게 휘둘리고 싶지도 않습니다. 제가 말하고 싶은 건 이런 겁니다."

"당신은 자신이 처한 상황을 오해하고 있군."

"그쪽이야말로 제가 처한 상황을 오해하고 계시군요. 아시겠어요? 나는 밤새 곰곰이 생각해보았습니다. 그래서 깨달았지요. 잃어서 아쉬울 것이 없다는 사실을 말입니다. 아내와는 헤어졌고, 일도 오늘로 손을 뗄 작정입니다. 집은 셋집이고, 살림살이는 제대로 된 게 하나도 없지요. 재산이라고는 저축해둔 200만 엔 정도가 고작이고 중고차가 한 대, 그리고 늙은 수고양이 한 마리뿐입니다. 양복은 전부 유행이 지난 헌것이고, 가지고 있는 레코드도 대개가 골동품 비슷한 것이지요. 명성이 있는 것도 아니고, 사회적 신용이 있는 것도 아닙니다. 섹스어필한 구석도 없고, 재능도 없고, 그다지 젊지도 않습니다. 언제나 쓸데없는 말만 하고 나중에 후회하지요. 다시 말해서, 당신의 표현을 빌리자면 평범한 사람입니다. 더 이상 무엇을 잃을 수 있겠어요? 있다면 가르쳐주시지요."

한동안 침묵이 이어졌다. 그동안 나는 셔츠의 단추에 얽혀 있는 실밥을 떼고, 볼펜으로 메모지에 별을 열세 개 그렸다.

"누구나 잃고 싶지 않은 게 한두 개는 있는 법이지. 당신에게도 말이야"라고 남자가 말했다. "우리는 그런 것을 찾아내는 데는 프로거든. 인간에게는 욕망과 프라이드의 중간에 해당하는 것이 반드시 있는 법이지. 모든 물체에 무게중심이 있듯이 말이야. 우리는 그것을 찾아낼 수 있지. 두고 보면 당신도 알게 될 거야. 그리고 그것을 잃고 나서야 비로소 그런 것이 존재했다는 것을 깨닫게 되지." 짧은 침묵이 흘렀다. "그러나 뭐, 그런 것은 좀 더 나중에 나타나는 문제야. 지금 시점에서는 당신이 말하는 요지를 모르는 바 아니야. 당신의 요구는 받아들이기로 하지. 쓸데없는 참견은 하지 않겠어. 한 달 동안은 당신이 하고 싶은 대로 해. 됐나?"

"좋습니다"라고 나는 말했다.

"그럼 이만" 하고 남자가 말했다.

그리고 전화는 끊어졌다. 전화를 끊긴 했는데 꺼림칙했다. 나는 꺼림칙한 기분을 없애기 위해 팔굽혀펴기 서른 번과 윗

몸일으키기 스무 번을 하고 나서 설거지를 한 다음 사흘 정도 밀린 빨래를 했다. 그렇게 해서 기분은 원래대로 돌아왔다. 기분 좋은 9월의 일요일이다. 이제 여름은 오래된 낡은 기억처럼 어디론가 사라져버렸다.

나는 새 셔츠를 입고, 케첩이 묻지 않은 리바이스 청바지를 입고, 양쪽 색깔이 같은 양말을 신고, 빗으로 머리를 빗었다. 그래도 열일곱 살 때 느꼈던 일요일 아침의 분위기를 다시 만끽할 수는 없었다. 당연한 이야기다. 누가 뭐라고 해도 나는 제대로 나이를 먹고 있는 것이다.

그다음 나는 아파트의 주차장에서 폐차 직전의 폭스바겐을 몰고 나와 슈퍼마켓으로 가, 고양이 먹이 캔 한 다스와 고양이 화장실용 모래와, 여행용 면도기 세트와 속옷을 샀다. 그리고 도넛 가게의 카운터에 앉아서 맛없는 커피를 마시며 시나몬 도넛을 한 개 먹었다. 카운터의 정면 벽은 거울로 되어 있어서, 거기에 도넛을 먹고 있는 내 얼굴이 비쳤다. 나는 도넛을 먹다 말고 손에 든 채 잠깐 내 얼굴을 바라보았다. 그리고 남들은 어떤 생각을 하며 내 얼굴을 쳐다볼까 하는 생각을 해보았다. 그러나 남들이 어떤 생각을 하는지 알 도리가 없었다. 나는 도넛을 마저 먹고 커피를 다 마시고 나서 밖으로 나왔다.

역 앞에 여행 대리점이 있기에 다음 날 삿포로행 비행기 두

좌석을 예약했다. 그다음에 역 빌딩으로 들어가 어깨에 메는 캔버스 여행 가방과 비 올 때 쓰는 모자를 샀다. 그때마다 주머니 속의 봉투에서 빳빳한 1만 엔짜리 지폐를 꺼내 지불했는데, 아무리 써도 지폐 다발은 통 줄어들지 않는 것 같았다. 나 자신이 약간 소모될 뿐이었다. 세상에는 그런 타입의 돈이 존재한다. 가지고 있는 것만으로도 화가 나고, 쓰고 나면 비참한 기분이 되고, 다 써버렸을 때에는 자기혐오에 빠지게 된다. 자기혐오에 빠지면 돈을 쓰고 싶어진다. 그러나 그땐 돈이 없다. 구원이라는 것이 없는 것이다.

나는 역 앞 벤치에 앉아서 담배를 두 개비 피우고, 돈에 대해서 생각하는 것을 그만두었다. 일요일 아침의 역 앞은 가족과 함께 나온 사람들과 젊은 커플들로 붐볐다. 멍하니 그런 광경을 바라보고 있자니, 아내가 헤어질 때 "아이를 가질 걸 그랬나 봐"라고 했던 말이 문득 떠올랐다. 아닌 게 아니라 나는 이제 아이가 몇쯤 있어도 이상하지 않을 나이인 것이다. 그러나 아버지로서의 나를 상상해보았더니 왠지 모르게 우울해졌다. 내가 아이라면 나 같은 아버지의 아들이 되고 싶지는 않을 것 같았다.

나는 양손에 쇼핑백을 든 채 담배를 한 개비 더 피우고 나서, 사람들이 북적거리는 곳을 빠져나와 슈퍼마켓의 주차장에 세워둔 차의 뒷좌석에 짐을 던져넣었다. 그리고 주유소에서 급유와 오일 교환을 부탁한 다음 가까운 곳에 있는 책방에 들러 문고판을 세 권 샀다. 그렇게 해서 두 장의 1만 엔권이 나가고, 주머니 속은 꾸깃꾸깃한 거스름돈으로 가득 찼다. 아파트에 돌아와서 부엌에 있던 유리그릇 속에 거스름돈을 전부 던져 넣고 찬물로 세수를 했다. 아침에 일어나고 나서 꽤 시간이 흐른 것 같았는데, 시계를 보니 12시가 되려면 아직도 시간이 남아 있었다.

여자 친구가 돌아온 것은 오후 3시였다. 그녀는 체크무늬 셔츠에 겨자색 면바지를 입고, 보기만 해도 머리가 아파올 듯한 짙은 색 선글라스를 끼고, 나와 똑같은 커다란 캔버스 천으로 된 숄더백을 어깨에 메고 있었다.

"여행 준비를 하고 왔어"라고 그녀는 말하며 불룩한 백을 손바닥으로 두드렸다. "꽤 오래 걸리겠지?"

"아마 그렇겠지."

그녀는 선글라스를 낀 채 창가의 낡은 소파에 드러누워 천장을 바라보면서 박하담배를 피웠다. 나는 재떨이를 들고 그 곁에 앉아 그녀의 머리를 쓰다듬었다. 고양이가 소파로 뛰어올라 그녀의 발목에 턱과 앞발을 걸쳤다. 그녀는 담배를 피울

만큼 피우고는 나머지를 내 입술 사이에 끼우고 하품을 했다.

"여행 가는 게 좋아?" 나는 물어보았다.

"응, 신나. 특히 당신과 함께 간다는 사실이."

"하지만 만약에 양을 찾지 못하면 우리는 이제 아무 데로도 돌아올 수가 없게 되는 거야. 평생을 여행만 다니는 처지가 될지도 몰라."

"당신 친구처럼?"

"그렇지. 우리는 어떤 의미에서는 서로 닮은꼴이지. 다른 점은 그는 자신의 의지로 도망쳤고, 나는 다른 사람의 의지에 의해 내동댕이쳐졌다는 거지."

나는 담배를 재떨이에 비벼 껐다. 고양이가 고개를 들고 요란스런 하품을 하고 나서 다시 원래의 자세로 되돌아갔다.

"여행 준비는 다 했어?"라고 그녀가 물었다.

"아니, 이제부터 해야지. 하지만 짐은 별로 없을 거야. 갈아입을 옷과 세면도구 정도니까. 당신도 그렇게 큰 짐을 들고 갈 필요는 없어. 필요한 건 거기서 사면 되거든. 돈은 있어."

"취미야"라고 말하고, 그녀는 킥킥거리며 웃었다. "커다란 짐을 가져가지 않으면 여행 다니는 기분이 들지 않거든."

"그런가?"

활짝 열어젖힌 창을 통해 날카로운 새소리가 들렸다. 들어본 적이 없는 울음소리였다. 새 계절의 새로운 새인가 보다. 나는 창으로 비쳐드는 오후의 햇살을 손바닥에 받아, 그것을 그녀의 볼에 살짝 얹어놓았다. 그 자세 그대로 꽤 시간이 흘렀다. 나는 흰 구름이 창 끝에서 끝으로 이동하는 것을 멍하니 바라보고 있었다.

"왜 그래?"라고 그녀가 물었다.

"이상한 말 같지만, 도저히 지금이 지금이라고 생각되지 않아. 내가 나라는 것도 어쩐지 딱 와닿지 않아. 그리고 여기가 여기라는 것도 말이야. 언제나 그래. 훨씬 뒤에 가서야 겨우 그게 연결되는 거야. 지난 10년 동안 줄곧 그랬어."

"왜 하필이면 10년이지?"

"끝이 없기 때문이지. 그뿐이야."

그녀는 웃으며 고양이를 안아 살짝 바닥에 내려놓았다. "안 아줘."

우리는 소파 위에서 서로 끌어안았다. 고가구점에서 사들인 고색창연한 소파는 천에 얼굴을 가까이 대면 옛날 냄새가 났다. 그녀의 부드러운 몸이 그런 냄새와 잘 어울렸다. 그것은 희미한 기억처럼 부드럽고 따뜻했다. 나는 손가락으로 그녀의 머리카락을 가만히 뒤로 넘긴 다음 귀에 입술을 댔다. 세계가 희미하게 떨고 있었다. 작은, 정말로 작은 세계였다.

거기에서는 시간이 온화한 바람처럼 고요히 흐르고 있었다.

나는 그녀의 셔츠 단추를 모두 풀고 손바닥을 가슴 밑에 놓고 그대로 그녀의 몸을 바라보았다.

"마치 살아 있는 것 같지?"라고 그녀가 말했다.

"당신 말이야?"

"응, 내 몸과 나 자신 말이야."

"그래"라고 나는 말했다. "확실히 살아 있는 것 같군."

정말 고요하다, 하고 나는 생각했다. 우리를 제외한 모든 사람들은 가을의 첫 번째 일요일을 축하하기 위해서 어디론가 가버린 것이다.

"있잖아, 참 좋아" 하고 작은 목소리로 그녀가 속삭였다.

"응."

"어쩐지, 꼭 피크닉 온 것 같아. 뭐라 말로 표현할 수 없다니까."

"피크닉?"

"그래."

나는 두 손을 등 뒤로 돌려 그녀를 꼭 안았다. 그리고 입술로 이마의 앞머리카락을 치운 다음 다시 한번 귀에 입을 맞췄다.

"그 10년은 길었어?"라고 그녀는 내 귓전에 대고 속삭였다.

"글쎄"라고 나는 말했다. "아주 길었던 것 같은 느낌이야. 아주 길었고, 무엇 하나 끝나지 않았어."

그녀는 소파의 팔걸이에 올려놓은 목을 아주 조금만 구부리고 미소 지었다. 어딘가에서 본 적이 있는 웃음이었는데, 그것이 어디서 그리고 누가 지었던 웃음인지는 통 생각나지 않았다. 옷을 벗어버린 여자들에게는 겁이 날 만큼 공통된 부분이 많아 그것이 언제나 나를 혼란스럽게 만들곤 했다.

"우리 양을 찾아"라고 그녀는 눈을 감은 채 말했다. "양을 찾아내면 모든 일이 잘될 테니까."

나는 잠깐 그녀의 얼굴을 쳐다보고 나서 두 귀를 바라보았다. 부드러운 오후의 햇살이 오래된 정물화처럼 그녀의 몸을 포근히 감쌌다.

한정된 집요한 사고방식에 대하여

6시가 되자 그녀는 단정하게 옷을 입고 욕실의 거울 앞에서 머리를 빗고, 몸에 오데코롱 스프레이를 뿌린 다음 이를 닦았다. 그동안 나는 소파에 앉아서, 《셜록 홈즈의 사건 기록》을 읽고 있었다. 그 이야기는 "내 친구 왓슨의 생각은 한정된 좁은 범위의 것이기는 하지만 매우 집요한 데가 있다"라는 문장으로 시작되고 있었다. 꽤 멋진 서두였다.

"오늘 밤은 늦을 것 같으니 먼저 자"라고 그녀는 말했다.

"일 때문에?"

"응. 사실은 쉬는 날인데, 할 수 없지 뭐. 내일부터 계속 쉬기로 해서 앞당겨진 거야."

그녀가 나가고 나서 조금 있다가 다시 문이 열렸다.

"참, 여행하는 동안 고양이는 어떻게 할 거야?"라고 그녀가 말했다.

"그러고 보니 까맣게 잊어버리고 있었군. 하지만 알아볼게."

그리고 문이 닫혔다.

나는 냉장고에서 우유와 치즈스틱을 꺼내 고양이에게 주었다. 고양이는 먹기 거북하다는 듯이 치즈를 먹었다. 이가 완전히 약해진 모양이다.

냉장고 안에 먹을 만한 것은 아무것도 없었으므로 할 수 없이 텔레비전 뉴스를 보면서 맥주를 마셨다. 뉴스다운 뉴스가 없는 일요일이었다. 이런 날의 저녁 뉴스에는 대개 동물원 풍경이 나온다. 기린과 코끼리와 판다를 대충 보고 나서 나는 텔레비전의 스위치를 끄고 전화 다이얼을 돌렸다.

"고양이에 관한 일인데요"라고 나는 남자에게 말했다.

"고양이?"

"고양이를 기르고 있거든요."

"그래서?"

"누군가가 맡아주지 않으면 여행을 떠날 수 없습니다."

"애완동물 호텔이라면 얼마든지 있잖아."

"늙어서 약해요. 한 달이나 우리 속에 가둬두면 죽어버릴 겁니다."

손톱으로 책상을 톡톡 두드리는 소리가 들렸다. "그래서?"

"댁에서 맡아주셨으면 합니다. 댁이라면 정원도 넓고 고양이 한 마리쯤은 맡아줄 여유가 있으시겠지요?"

"그건 좀 어려워. 선생님은 고양이를 싫어하시고, 정원에서는 늘 새와 가까이 지내고 계시거든. 그런데 고양이가 오면 새가 다가오지 않게 되겠지."

"선생님은 의식이 없으시고, 게다가 제 고양이는 새를 잡을 만큼 영리하지도 않아요."

손톱으로 다시 책상을 톡톡 치다가 멈췄다. "좋아. 내일 아침 10시에 운전사를 보내지."

"고양이 먹이와 화장실용 모래를 보내겠습니다. 먹이는 정해진 상표의 것만 먹으니까 떨어지면 똑같은 것을 사주세요."

"자세한 것은 운전사에게 말해. 전에도 얘기했지만 나는 한가한 사람이 아니야."

"창구는 하나로 해두었으면 합니다. 책임 소재를 분명히 하기 위해서요."

"책임?"

"다시 말해서, 제가 없는 동안에 고양이가 없어진다든지 죽는다든지 하면, 만약에 양을 찾더라도 당신에게는 아무것도 가르쳐주지 않겠다는 뜻이지요."

"그래?"라고 남자는 말했다. "알겠어. 약간 빗나가기는 했지만, 당신은 아마추어치고는 제법이군. 메모를 할 테니까 천천히 말해."

"고기의 비계는 주지 마세요, 모두 토해버리니까. 이가 나빠서 질긴 것도 안 됩니다. 아침엔 우유 한 병과 통조림, 저녁에는 멸치 한 줌과 고기나 치즈스틱을 주세요. 화장실은 매일 갈아줘야 합니다. 더러운 것을 싫어하거든요. 설사를 잘하는데, 이틀이 지나도 낫지 않거든 수의사에게 약을 받아서 먹여야 합니다."

나는 거기까지 말하고서, 수화기 저쪽에서 남자가 볼펜으로 받아 적는 소리에 귀를 기울였다.

"그리고?"라고 남자가 물었다.

"귀진드기가 붙기 쉬우니까, 하루에 한 번 올리브유를 묻힌 면봉으로 귀를 청소해줘야 합니다. 싫다고 요동을 치는데 고막을 다치지 않도록 조심해야 합니다. 그리고 가구에 흠이 날 염려가 있으니까 일주일에 한 번은 발톱을 깎아주세요. 보통의 손톱깎이면 됩니다. 벼룩은 없지만, 예방을 위해서 가끔 벼룩 제거 샴푸로 씻기는 게 좋을 거예요. 샴푸는 애완동물 가게에 가면 팔아요. 고양이를 씻긴 후에는 수건으로 잘 닦고 나서 빗질을 해주고, 마지막으로 드라이어로 말려주세요. 그렇게 하지 않으면 감기에 걸리니까요."

볼펜 소리. "그 밖에는?"

"대충 그 정돕니다."

남자는 메모한 사항을 전화기를 통해 죽 읽었다. 잘 정리된 메모였다.

"됐나?"

"좋습니다."

"그럼" 하고 남자는 말했다. 그리고 전화를 끊었다.

주위엔 벌써 완전히 어둠이 깔렸다. 나는 바지 주머니에 잔돈과 담배와 라이터를 넣고, 테니스화를 신고 밖으로 나왔다. 그리고 근처의 단골 스낵바에 들어가 치킨커틀릿과 롤빵을 주문하고, 그것이 나올 때까지 브라더스 존슨Brothers Johnson의 새 레코드를 들으면서 또 맥주를 마셨다. 브라더스 존슨이 끝나자 레코드는 빌 위더스Bill Withers로 바뀌었고, 나는 빌 위더스를 들으면서 치킨커틀릿을 먹었다. 그리고 메이너드 퍼거슨 Maynard Ferguson의 〈스타워즈Star Wars〉를 들으면서 커피를 마셨다. 그런데 별로 먹은 것 같은 기분이 들지 않았다.

커피 잔을 물린 다음 공중전화에 동전을 세 개 넣고, 친구의 집 전화번호를 돌렸다. 전화는 초등학생인 그의 큰아들이 받았다.

"좋은 오후구나" 하고 나는 인사를 했다.

"좋은 저녁이네요" 하고 아이가 정정했다. 나는 손목시계를 보았다. 그 아이가 옳았다.

잠시 후에 친구가 받았다.

"어떻게 됐어?"라고 그가 물었다.

"지금 이야기해도 돼? 식사 중 아니야?"

"식사 중이지만 괜찮아. 어차피 대단한 식사도 아니고, 그쪽 이야기가 더 재미있을 것 같군."

나는 검은 양복의 남자와 나눈 대화를 요약해서 이야기했다. 커다란 자동차라든가 넓은 저택, 죽어가는 노인, 그런 이야기 말이다. 양에 대해서는 언급하지 않았다. 믿어줄 것 같지도 않았고, 전화로 이야기하기에는 너무 길었기 때문이다. 당연한 일이지만 덕택에 내 이야기는 뭐가 뭔지 통 알 수 없는 이야기가 되고 말았다.

"무슨 말인지 알 수가 없군" 하고 친구가 말했다.

"이야기하면 안 되거든. 말하면 네가 곤란해질 거야. 즉 네게는 가정도 있고……." 나는 말하면서 아직 융자가 끝나지 않은 방이 네 개짜리인 그의 고급 아파트와 저혈압인 그의 아내와 그의 귀여운 두 아들을 떠올렸다. "아무튼, 그렇게 됐어."

"그랬군."

"어쨌든 내일부터 여행을 떠나야 해. 긴 여행이 될 것 같아. 한 달이 될지 두 달이 될지 세 달이 될지 나도 잘 몰라. 어쩌면 도쿄에는 다시 돌아오지 못할지도 몰라."

"그래?"

"그래서 회사 일은 네가 맡아줬으면 해. 나는 손을 떼겠어. 네게 폐를 끼치고 싶지도 않고. 일은 그런대로 일단락 지었고, 공동경영이라고는 하지만 중요한 부분은 네가 관리했고 나야 반은 놀고 있었던 거나 마찬가지였으니까."

"하지만 네가 없으면 실무의 자질구레한 일은 알 수 없잖아."

"일을 좀 축소하는 거야. 다시 말해서 옛날로 돌아가는 거지. 광고라든가 편집 일은 전부 취소하고 옛날의 번역 사무소로 돌아가는 거야. 네가 일전에 말했듯이 말이야. 여사원 한 명만 남기고 다른 아르바이트생들은 내보내야겠지. 이제 필요 없으니까 말이야. 두 달치 월급을 퇴직금으로 주면 아마 아무도 불평을 안 할 거야. 사무실도 좀 더 작은 데로 옮기면 돼. 수입은 줄겠지만 지출도 줄 거고, 내가 없는 만큼 네 몫은 늘어날 테니까 크게 달라지지는 않을 거야. 세금이나 네가 말한 착취 따위에 대한 걱정도 훨씬 줄겠지. 네게 맞을 거야."

그는 잠시 말없이 생각했다.

"안 돼"라고 그는 말했다. "분명히 잘 안 될 거야."

나는 담배를 입에 물고 라이터를 찾았다. 찾는 사이에 웨이트리스가 성냥을 그어 불을 붙여주었다.

"그렇지 않아. 줄곧 함께해온 내가 말하는 거니까 틀림없어."

"너와 함께였기 때문에 해올 수 있었던 거야"라고 그는 말했다. "이제까지 혼자 뭔가를 해서 제대로 된 적이 없다고."

"이봐, 잘 들어. 일을 크게 벌이는 게 아니라 축소하라는 거야. 옛날에 우리가 하던, 산업혁명 이전의 번역 수작업이야. 너와 여사원 한 명, 외주 번역 아르바이트생 대여섯 명과 프로 두 명, 못할 이유가 없잖아."

"너는 나라는 놈에 대해 잘 모르는 거야."

동전이 툭 소리를 내며 떨어졌다. 나는 다시 동전 세 개를 넣었다.

"난 너와는 달라"라고 그는 말했다. "너는 혼자서 해나갈 수 있지. 하지만 나는 그렇지가 못하다고. 누군가에게 푸념을 늘어놓는다든지, 의논을 하지 않고는 일을 진행시키지 못할 거야."

나는 수화기를 손으로 누르고 한숨을 쉬었다. 다람쥐 쳇바퀴 돌기다. 흑염소가 백염소의 편지를 먹고, 백염소가 흑염소의 편지를 먹고…….

"여보세요"라고 그가 말했다.

"듣고 있어"라고 나는 말했다.

전화 저편에서 두 아이가 텔레비전의 채널을 가지고 말다툼하는 소리가 들렸다.

"아이들 생각을 해"라고 나는 말해보았다. 페어플레이는 아니지만, 다른 방법이 없었다.

"약한 소리를 하고 있을 때가 아니지 않나? 네가 안 된다고 생각하면 그것으로 모든 게 끝장이야. 세상에 대해서 불만이 있다면 아이 따위는 만들지 말았어야지. 뿐만 아니라 제대로 일을 하고 술 같은 건 마시지 말아야지."

그는 오랫동안 잠자코 있었다. 웨이트리스가 재떨이를 가져다주었다. 나는 손짓으로 맥주를 주문했다.

"하긴 네 말이 맞아"라고 그는 말했다. "어떻게 해볼게. 잘될지 어떨지는 자신이 없지만 말이야."

"잘될 거야. 돈도 없고 연줄도 없는 6년 전에도 그만큼 할 수 있었잖아."

나는 컵에 맥주를 따르고 한 모금 마시고 나서 그렇게 말했다.

"너는 내가 너와 함께 있어서 얼마나 안심하고 있었는지 모를 거야"라고 친구는 말했다.

"또 전화할게."

"그래."

"오랫동안 고마웠어. 즐거웠어"라고 나는 말했다.

"볼일을 마치고 도쿄로 돌아오면 또 함께 일을 하자고."

"그러지."

그리고 나는 전화를 끊었다.

그러나 내가 다시는 그 일을 하지 않으리라는 걸 나도, 그도 알고 있었다. 6년이나 함께 일을 해보면 그만한 것은 알게 되는 법이다.

나는 맥주병과 컵을 들고 테이블로 돌아와 계속 마셨다.

실업자가 되고 나니 마음이 홀가분했다. 나는 조금씩 단단해져가고 있었다. 나는 거리를 잃고, 십 대를 잃고, 친구를 잃고, 아내를 잃고, 앞으로 세 달 후면 이십 대를 잃게 된다. 예순이 되었을 때 나는 도대체 어떻게 되어 있을까라는 생각을 잠시 해보았다. 생각을 하면 할수록 허사였다. 한 달 후의 일조차 알 수 없는 것이다.

나는 집으로 돌아와 이를 닦고 파자마로 갈아입은 다음 잠자리에 들어서 《셜록 홈즈의 사건 기록》을 계속 읽었다. 그리고 11시에 불을 끄고 푹 잤다. 아침까지 한 번도 깨지 않았다.

정어리의 탄생

아침 10시에 잠수함 같은 그 차가 아파트 현관에 멈춰 섰다.
3층 창으로 내려다보니, 차는 잠수함이라기보다는 쿠키를 만
드는 금속 틀을 엎어놓은 것처럼 보였다. 300명의 아이들이
달라붙어서 먹는 데에 2주일 정도는 걸릴 만한 거대한 쿠키
를 만들 수 있을 것 같았다. 나와 그녀는 창틀에 걸터앉아서
잠시 자동차를 내려다보았다.

하늘은 기분 나쁠 정도로 맑게 개어 있었다. 제2차 세계대
전 전의 표현주의 영화의 한 장면을 연상케 하는 하늘이었다.
멀리 상공을 날고 있는 헬리콥터가 부자연스러울 정도로 작
게 보였다. 구름 한 점 없는 하늘은 마치 눈꺼풀이 잘려나간
거대한 눈 같았다.

나는 방의 창문을 모두 닫고 잠근 다음 냉장고의 스위치를 끄고 가스 밸브가 잠겼는지 확인했다. 빨래는 모두 거두어들였으며, 침대에는 커버를 씌우고 재떨이는 씻어놓았다. 욕실에 있는 엄청난 약품류는 잘 정리되어 있었다. 두 달치 집세는 미리 지불했고 신문도 중단시켰다. 문 앞에서 바라보는, 사람 없는 방은 부자연스러울 정도로 괴괴했다. 나는 그런 방을 바라보면서 거기서 보낸 4년간의 결혼생활에 대해서 생각했고, 내가 아내와의 사이에서 얻었을지도 모를 아이에 대해 생각했다. 엘리베이터의 문이 열리고 그녀가 나를 불렀다. 그러고 나서 나는 철문을 닫았다.

　운전사는 나를 기다리는 동안 마른 천으로 열심히 앞 유리를 닦고 있었다. 차에는 여전히 얼룩 하나도 없고, 그것은 태양 아래에서 비정상적일 정도로 눈부시게 빛나고 있었다. 조금만 손을 대도 피부가 어떻게 되어버릴 것 같았다.

　"안녕하십니까"라고 운전사가 말했다. 엊그제 만났던 종교적인 운전사였다.

　"안녕하세요"라고 나도 말했다.

　"안녕하세요"라고 내 여자 친구도 말했다.

　그녀가 고양이를 안고, 내가 고양이 먹이와 화장실용 모래가 든 종이봉투를 들었다.

"기막힌 날씨군요"라고 운전사가 하늘을 올려다보며 말했다. "뭐라고 할까, 아주 투명한 것 같아요."

우리는 끄덕였다.

"이처럼 맑은 날에는 하나님으로부터의 메시지가 전해지기 쉽겠네요?"라고 나는 말해보았다.

"그렇지는 않아요"라고 운전사는 싱글벙글하면서 대꾸했다. "메시지는 만물 속에 이미 있습니다. 꽃에도 돌에도 구름에도……."

"차에는요?" 하고 그녀가 물었다.

"차에도 있지요."

"하지만 차는 공장에서 만들어진 거잖아요?"라고 말하는 나.

"누가 만들었든 신의 의지라는 것은 만물 속에 깃들어 있지요."

"귀_·신_·들_·기처럼요?"라고 말하는 그녀.

"공기처럼요"라고 운전사는 정정했다.

"그럼 가령 사우디아라비아에서 만들어진 차에는 알라가 들어가 있겠군요."

"사우디아라비아에서는 차를 생산하고 있지 않습니다."

"정말입니까?"라고 말하는 나.

"정말입니다."

"그럼 미국에서 만들어져서 사우디아라비아로 수출된 차에는 어떤 신이 들어 있을까요?"라고 여자 친구가 물었다.

어려운 문제였다.

"참, 고양이에 대해서 일러드려야겠군요"라고 나는 구원의 손길을 내밀었다.

"귀여운 고양이군요"라고 운전사는 다행이라는 듯이 말했다.

그러나 고양이는 결코 귀엽지 않았다. 귀엽다기보다는 정반대였다. 털은 닳아빠진 융단처럼 뻣뻣하고, 꼬리 끝은 60도 각도로 구부러지고, 이는 누런 데다 오른쪽 눈은 3년 전에 다쳐서 고름이 계속 나와 이제는 거의 시력을 잃어가고 있었다. 운동화와 감자를 분간할 수 있을지조차 의심스러웠다. 발 안쪽은 바싹 말라버린 콩 같고 귀에는 숙명처럼 귀진드기가 붙어 있으며, 나이 탓으로 하루에 스무 번은 방귀를 뀌었다. 아내가 공원 벤치 밑에서 주워왔을 때만 해도 어리고 말끔한 수고양이였는데, 고양이는 1970년대의 후반을 비탈길에 놓인 볼링공처럼 파국을 향해서 급속히 굴러내려갔다. 게다가 그에게는 이름조차 없었다. 이름이 없다는 것이 고양이의 비극성을 그나마 덜어주고 있는 것인지, 아니면 조장하고 있는 것인지는 나도 알 수 없었다.

"어디, 어디 보자"라고 운전사는 고양이를 향해서 말했지만, 역시 손은 대지 않았다. "이름이 뭐죠?"

"이름은 없어요."

"그럼 뭐라고 부르지요?"

"부르지 않아요"라고 나는 말했다. "그저 존재하고 있을 뿐이에요."

"하지만 가만히 있는 게 아니라 의지를 가지고 움직이는 것 아닙니까? 의지를 가지고 움직이는데 이름이 없다는 건 아무래도 이상한 것 같은데요?"

"정어리도 의지를 가지고 움직이고 있지만, 아무도 이름 같은 건 붙이지 않아요."

"하지만 정어리와 인간 사이에는 우선 마음의 교류 같은 게 있을 리 없는 데다 제 이름이 불린다고 하더라도 이해할 수 없을 겁니다. 그야 뭐, 붙이는 건 자유겠지만."

"다시 말해서 의지를 가지고 움직이고 인간과 마음을 교류할 수 있으며, 게다가 청각을 가진 동물만 이름이 붙여질 자격이 있다는 말이 되겠군요."

"그런 말이 되겠네요" 운전사는 스스로 납득한 듯이 몇 번인가 끄덕였다. "어떻습니까, 제가 아무렇게나 이름을 붙여도 될까요?"

"그야 전혀 상관없지요. 하지만 어떤 이름을?"

"청어리 어떻습니까? 즉 이제까지 청어리와 똑같은 대접을 받고 있었던 셈이니까요."

"나쁘지 않은데요"라고 나는 말했다.

"그렇죠"라고 운전사는 우쭐해서 말했다.

"어떻게 생각해?"라고 나는 여자 친구에게 물어보았다.

"나쁘지 않아"라고 여자 친구가 말했다. "어쩐지 천지창조 같아."

"여기에 청어리 있으라"라고 나는 말했다.

"청어리 이리 온" 하고 운전사는 말하며 고양이를 안았다. 고양이는 겁을 먹어 운전사의 엄지손가락을 물고 방귀를 뀌었다.

운전사는 우리를 공항까지 차로 바래다주었다. 고양이는 조수석에 얌전히 앉아 있었다. 그리고 가끔 방귀를 뀌었다. 운전사가 자주 창문을 열었기에 우리는 그것을 알 수 있었다. 나는 가는 길에 고양이에 대한 주의사항을 그에게 일러주었다. 귀 청소를 하는 방법이라든가 화장실용 방취제를 파는 집이라든가 먹이의 양이라든가, 하는 것들이었다.

"걱정 마세요"라고 운전사가 말했다. 잘 돌볼 테니까요. 제가 이름을 지어준 대부 아닙니까."

도로가 아주 한산해서 차는 산란기의 연어가 강을 거슬러 올라가듯이 공항을 향해 달렸다.

"왜 배에는 이름이 있고, 비행기에는 이름이 없을까요?"라고 나는 운전사에게 물었다. "왜 971편이라든가 326편이라고만 하고 '은방울꽃호'나 '데이지호'와 같은 개별적인 이름은 붙이지 않을까요?"

"아마 배에 비해서 너무 많아서 그럴 겁니다. 그리고 공장에서 기계로 생산되고."

"그런가요? 배도 공장에서 생산되고, 비행기보다 많다고요."

"하지만" 하고 나서 운전사는 몇 초 동안 잠자코 있었다. "현실적인 문제로 시내버스에 일일이 이름을 붙일 수도 없을 테니까 말이지요."

"시내버스 하나하나에 이름이 붙어 있다면 참 좋을 텐데"라고 여자 친구가 말했다.

"하지만 그렇게 되면 승객이 좋아하는 버스만 골라서 타게 되지 않을까요? 가령 신주쿠에서 센다가야까지 가는데, '영양호'라면 타고 '노새호'라면 타지 않는다든가"라고 운전사가 말했다.

"어떻게 생각해?"라고 나는 여자 친구에게 물어보았다.

"하긴 정말 '노새호'라고 하면 타지 않을 거야"라고 그녀는 말했다.

"그렇게 되면 '노새호'의 운전사가 불쌍합니다"라고 운전사가 운전사의 입장에서 발언했다. "'노새호'의 운전사에게는 죄가 없습니다."

"그러네요"라고 나는 말했다.

"그래요"라고 그녀도 말했다. "하지만 '영양호'에는 탈래요."

"거봐요"라고 운전사는 말했다. "그런 겁니다. 배에 이름이 붙어 있는 것은 공장에서 생산되기 전부터 친숙해져 있었다는 흔적이죠. 원리적으로는 말에 이름을 붙이는 것과 마찬가지지요. 그러니까 말처럼 사용되고 있는 비행기에는 이름이 붙어 있어요. 예를 들면 '스피릿 오브 세인트루이스*'나 '이놀라 게이**'처럼 말이지요. 확실히 의식의 교류가 있거든요."

"그건 즉 생명이라는 개념이 기본적으로 깔려 있다는 말이 되겠군요."

"그렇습니다."

"그렇다면 목적성이라는 것은 이름에 있어서는 양의적인 요소겠네요?"

---

* 최초로 대서양 논스톱 횡단 단독 비행에 성공한 찰스 린드버그의 단엽비행기 이름.
** 히로시마에 원자탄을 투하한 B29폭격기의 이름. 당시 조종사 폴 티벳스의 어머니 이름을 땄다.

"그렇습니다. 목적성만이라면 번호면 되지요. 아우슈비츠에서 유대인들이 당한 것처럼 말이지요."

"그렇겠군요"라고 나는 말했다. "하지만 말이죠, 만약에 이름의 근본이 생명의 의식 교류 작업에 있다면 왜 역이나 공원, 야구장에는 이름이 붙어 있지요? 생명체가 아닌데도 말입니다."

"하지만 역에 이름이 없으면 곤란하지 않습니까."

"그러니까 목적적으로가 아니라 원리적으로 설명해달라는 거지요."

운전사는 신중하게 생각하느라 신호가 파란색으로 바뀐 것을 미처 보지 못했다. 뒤따라오던 캠핑카로 꾸민 하이에이스*가 〈황야의 7인〉의 주제음악을 흉내 낸 소리를 울렸다.

"호환성이 없기 때문 아닐까요. 예를 들어서 신주쿠 역은 하나밖에 없고 시부야 역과 바꿀 수는 없잖아요. 호환성이 없다는 점과 공장에서 생산되는 대량 생산물이 아니라는 점. 이두 가지면 어떻습니까?" 운전사가 말했다.

"신주쿠역이 에코다에 있으면 좋은데"라고 여자 친구가 말했다.

---

* 도요타의 15인승 미니버스.

"신주쿠역이 에코다에 있으면, 그것은 에코다역이지요"라고 운전사가 반박했다.

"하지만 오다큐선도 함께 따라오는 거예요"라고 그녀가 말했다.

"이야기를 원점으로 되돌리죠"라고 나는 말했다. "만약 역에 호환성이 있다면 어떻게 되나요? 만약에 말이죠, 만약 국철의 역들이 전부 대량 생산물의 조립식으로 되어 신주쿠역과 도쿄역을 그대로 몽땅 교환할 수 있다면?"

"간단하지요. 신주쿠에 있으면 신주쿠역이고, 도쿄에 있으면, 도쿄역이지요."

"그렇다면 그것은 물체에 붙여진 이름이 아니라 역할에 붙여진 이름이라는 뜻이 되겠군요. 그건 목적성이 아닌가요?"

운전사는 입을 다물었다. 그러나 이번의 침묵은 그다지 오래가지 않았다.

"지금 문득 생각이 났는데요"라고 운전사가 말했다. "우리는 그런 것들에 대해서 좀 더 따뜻한 눈길을 보내줘야 하는 게 아닐까요?"

"무슨 뜻이죠?"

"즉 도시라든가 공원이라든가 길, 야구장, 영화관 등에는 모두 이름이 붙어 있지요? 그것들은 지상에 고정되어 있는 대가로서 이름을 부여받은 것입니다."

새로운 학설이었다.

"그렇다면" 하고 나는 말했다. "가령 내가 의식을 완전히 포기하고 어딘가에 꽉 고정되었다고 하면, 내게도 훌륭한 이름이 붙을까요?"

운전사는 백미러 속의 내 얼굴을 흘끗 보았다. 어딘가에 함정이 준비되어 있는 게 아닌가 하고 의심하는 눈초리였다. "고정이라니요?"

"말하자면 냉동되어 버린다든가, 뭐 그런 거지요. 잠자는 숲 속의 미녀처럼 말이에요."

"하지만 당신에게는 이미 이름이 있지 않습니까?"

"그렇군요" 하고 나는 말했다. "잊어버리고 있었네요."

우리는 공항 카운터에서 탑승권을 받고 나서 따라온 운전사에게 작별 인사를 했다. 그는 끝까지 전송하고 싶어 하는 눈치였지만, 출발까지는 아직 한 시간 반이나 남아 있었기에 단념하고 돌아갔다.

"꽤 별난 사람이네"라고 그녀는 말했다.

"저런 사람들만 살고 있는 곳이 있어"라고 나는 말했다. "거기서는 젖소가 집게를 찾아다니고 있지."

"왠지 〈언덕 위의 우리 집〉* 같아."

"그럴지도 모르지"라고 나는 말했다.

우리는 공항의 레스토랑에 들어가서 좀 이른 점심 식사를 했다. 나는 새우 그라탱을 주문했고, 그녀는 스파게티를 주문했다. 창밖에선 747**이라든가 트라이스타***가 일종의 숙명을 생각하게 하는 장중함으로 오르내리고 있었다. 그녀는 스파게티를 한 가닥 한 가닥 의심스러운 듯이 점검하면서 먹었다.

"비행기 안에서 식사가 나오는 줄로만 알고 있었어"라고 불만스러운 듯이 그녀는 말했다.

"아니야" 하고 말하고 나서, 나는 그라탱 덩어리를 입 속에서 조금 식혀 삼킨 다음 곧 찬물을 마셨다. 그저 뜨겁기만 할 뿐 맛이라곤 하나도 없었다. "기내식이 나오는 건 국제선이야. 국내선이라도 좀 더 긴 거리라면 도시락 정도가 나오는 수도 있지만 말이야. 하지만 별로 맛이 없어."

"영화는?"

---

*   미국 민요.

**   국제선의 대명사로 일컬어지던 보잉사의 초대형 제트여객기.

***   1970년 당시 보잉사와 더글라스사가 점유하고 있던 항공기 시장에 진입하기 위해 록히드사에서 내놓은 소음이 적은 제트항공기.

"없어. 삿포로까지는 한 시간 남짓이면 도착하거든."

"그럼 아무것도 없잖아."

"아무것도 없지. 자리에 앉아서 책이나 좀 읽다 보면 목적지에 도착하는 거야. 버스나 마찬가지지."

"신호등만 없을 뿐이네."

"그래, 신호등은 없지."

"맙소사"라고 말하고 그녀는 한숨을 쉬었다. 그리고 스파게티가 반쯤 남았는데 포크를 놓더니 종이 냅킨으로 입가를 닦았다. "이름 같은 건 붙일 필요도 없는 거 아니야?"

"글쎄 말이야. 따분한 거지. 시간이 훨씬 단축된다는 것뿐이야. 기차로 가면 열두 시간은 걸리니까."

"그래서 남은 시간은 어디로 간 거야?"

나도 그라탱 먹는 걸 도중에서 그만두고 커피를 두 잔 주문했다. "남은 시간?"

"비행기 덕분에 열 시간 이상이나 시간이 절약되는 셈 아냐? 그만큼의 시간은 도대체 어디로 간 거지?"

"시간은 아무 데도 안 가. 가산될 뿐이지. 우리는 그 열 시간을 도쿄에서든 삿포로에서든 마음대로 쓸 수가 있는 거야. 열 시간이면 영화를 네 편 보고 식사를 두 번 할 수 있지. 안 그래?"

"영화도 보고 싶지 않고, 식사도 하고 싶지 않다면?"

"그건 그쪽 사정이지. 시간 탓은 아니야."

그녀는 입술을 깨물며 잠깐 땅딸막한 747 기체를 바라보았다. 나도 함께 그것을 바라보았다. 747을 보면 언제나 옛날에 이웃에 살던 뚱뚱하고 못생긴 아주머니가 생각난다. 탄력이 없는 거대한 유방과 퉁퉁 부은 발, 꺼칠한 목덜미. 공항은 그런 아줌마들의 집회장처럼 보였다. 몇십 명이나 되는 그런 아주머니들이 차례차례 왔다가는 사라졌다. 목에 힘을 주고 공항 로비를 왔다 갔다 하는 파일럿과 스튜어디스는, 그녀들에 비해 기묘하게 평면적으로 보였다. DC7*이나 프렌드십**의 시대에는 그런 일은 없었던 것 같지만, 정말로 그랬는지는 나도 잘 생각나지 않았다. 아마 747이 뚱뚱하고 못생긴 아주머니를 닮은 탓에 무심코 그런 생각이 든 모양이다.

"있잖아, 시간은 팽창해?"라고 그녀는 내게 물었다.

"아니, 시간은 팽창하지 않아"라고 나는 대답했다. 내가 말했는데도 전혀 내 목소리 같지 않았다. 나는 헛기침을 한 다음 가져온 커피를 마셨다. "시간은 팽창하지 않아."

"하지만 실제로 시간은 늘어나고 있잖아. 당신이 말했듯이 가산되고 있고."

---

*   더글러스사가 개발한 4발 프로펠러 여객기.
** 단거리용 터보프롭 여객기.

"이동에 필요한 시간이 줄었다는 것뿐이야. 총 시간은 변하지 않아. 단지 영화를 많이 볼 수 있다는 것뿐이란 말이야."

"영화를 보고 싶다면 말이지?"라고 그녀는 말했다.

실제로 우리는 삿포로에 도착하자마자 동시상영 영화를 보았다.

(하권에 계속)

옮긴이 **신태영**

일본 교토에서 태어났다. 도시샤대학교에서 영문학을 전공하고 번역가로 활동했다. 옮긴 책으로는 《세계의 전쟁》《세계 과학사 대계》《찰리 채플린 자서전》《사랑의 끝 세상의 끝》 등이 있다.

양을 쫓는 모험·상

1판 1쇄	1995년 11월 5일	1판 35쇄	2008년 9월 10일
2판 1쇄	2009년 10월 1일	2판 10쇄	2019년 9월 2일
3판 1쇄	2021년 6월 17일	3판 4쇄	2024년 8월 12일

지은이　무라카미 하루키
옮긴이　신태영

펴낸이　임지현
펴낸곳　(주)문학사상
주소　경기도 파주시 회동길 363-8, 201호(10881)
등록　1973년 3월 21일 제1-137호

전화　031) 946-8503
팩스　031) 955-9912
홈페이지　www.munsa.co.kr
이메일　munsa@munsa.co.kr

ISBN 978-89-7012-518-3 (04830)
　　　978-89-7012-517-6 세트